近代文学叢書VI

すぽっとらいと

橋

目次

イントロダクション

橋

『すぽっとらいと』も六冊目になりました。

十二冊刊行しますので、とうとう半分。折り返しです。

記念すべき（?）六冊目のすぽっとらいとは、「橋」。

皆さまは「橋」といいますと、どのようなものを思い浮かべるでしょうか。

素材といえば、石橋・木橋・鉄橋・コンクリート製など。

姿かたちも様々ですね。まっすぐや、弓なりのアーチ状、ケーブルで吊られているもの……。

わたくしは、子供のころ登山のルート上に存在した、木製の吊り橋が忘れられない思い出の橋ですね。

それは、かなり年季の入った吊り橋でした。

足元の板の間隔は不揃い。しかも欠けて無くなっている箇所がありますので、次に足を置くのはここに、と、考えかんがえ進みましたので、渡り終えてホッとしながら橋を振り返り、ああ、途中で立ち止まって景色を楽しめばよかった、と、少し後悔したことを覚えています。

それ以降、橋の途中から見える景色は特別で、たいせつなもののように感じられます。橋が存在しなかったら見られない景色ですしね。

江戸時代には、橋の維持のために「渡橋銭」というものもあったようです。
あちらとこちらを行き来するための、たいせつな存在。

そして、隔てるもの。

渡ろうか引き返そうか、二人で渡るのか、一人きりなのか。

今回、図らずも少し陰のある作品が多くなりました。
事件や出立、永遠の別れ。

どうにかして向こう側へ行ってみたい、知ってみたい、いや、果たして知ってしまっていいのだろうか。知らないままこちら側で満足しておいたほうが、自分にとっていいのではないだろうか……。

渡る前と後の心境の変化は計り知れません。

「橋」とは、なにかしらドラマチックな存在でもあるようです。

「橋の情景」では、生活の中に存在している橋の写真を収録しました。

この本を手にしていただいた皆さまの近くに存在する「橋」にも、気づいてもらえたら嬉しいな、と、考えたからです。

皆さまの身近にある「橋」でも、なにか、ドラマチックな出来事が起きているかもしれませんよ。

近代文学叢書　編集長　なみ

11

橋の情景

損保会館

鐵橋橋下

萩原朔太郎

人のにくしといふことば
われの哀しといふことば
きのふ始めておぼえけり
この市《まち》の人なになれば
われを指さしあざけるか
生れしものはてんねんに
そのさびしさを守るのみ
母のいかりの烈しき日
あやしくさけび哀しみて
鐵橋の下を歩むなり
夕日にそむきわれひとり

（滞郷哀語篇より）

春の日

小川未明

もう、春《はる》です。仲《なか》のいい三人《にん》は、いっしょに遊《あそ》んでいました。

徳《とく》ちゃんは、なかなかのひょうきんもので、両方《りょうほう》の親指《おやゆび》を口《くち》の中《なか》に入《い》れ、二本《ほん》のくすり指《ゆび》で、あかんべいをして、ひょっとこの面《めん》をしたり、はんにゃの似顔《にがお》をして見《み》せて、よく人《ひと》を笑《わら》わせました。としチ子《こ》さんは、おこりんぼでちょっとしたことでも、すぐにいぼをつってしまいます。そうすると武《たけ》ちゃんと、徳《とく》ちゃんは、つまらなくなります。二人《ふたり》が、いろいろに機嫌《きげん》をとっても、とし子《こ》さんは、笑《わら》いもしなければ、ものもいいません。

そんなときです、徳《とく》ちゃんは、いつもする得意《とくい》の、指《ゆび》を口《くち》に入《い》れて、あかんべいをして、とし子《こ》さんの顔《かお》をのぞきます。さすがに、いぼつりのとし子《こ》さんも、これを見《み》ると、くすくすと笑《わら》い出《だ》して、じきに機嫌《きげん》を直《なお》すのが例《れい》でありました。

武《たけ》ちゃんには、徳《とく》ちゃんのように、そんなひょうきんのまねはできませんでしたから、もし、とし子《こ》さんと二人《ふたり》のときに、どうかして、とし子《こ》さんが、いぼをつれば、

「としこさんのばかやい。」といって、悪口《わるぐち》をいうか、なぐりつけるのが関《せき》の山《やま》で、とし子《こ》さんも、

「だれが遊《あそ》ぶもんか。」と、いって、泣《な》きながら、帰《かえ》ってしまいます。

しかし、三人《にん》は、いつとはなしに仲《なか》は直《なお》りますが、もし、徳《とく》ちゃんがいなかったら、そう容易《ようい》に打《う》ち解《と》ける糸口《いとぐち》が見《み》つからなかったかもしれません。

ある日《ひ》のことでした。三人《にん》は、いっしょに、お濠《ほり》の方《ほう》へ歩《ある》いてゆきました。雪《ゆき》が消《き》えて、水《みず》がな

みなみと、午後《ごご》の日《ひ》の光《ひかり》に輝《かがや》いていました。土橋《どばし》のところへは、よく、あめ屋《や》や、おもちゃ店《みせ》が出《で》ています。

この日《ひ》は、珍《めずら》しく、紙芝居《かみしばい》のおじいさんがきていました。

「紙芝居《かみしばい》だね。」

「おもしろいな。」

そんなことをいい合《あ》って、おじいさんの方《ほう》へ走《はし》ってゆきました。

＊　＊　＊　＊　＊

おじいさんは、五、六人《にん》の子供《こども》を前《まえ》に集《あつ》めて、お話《はなし》をしていました。

――王《おう》さまは、戦争《せんそう》からお帰《かえ》りなさると、その美《うつく》しいお后《きさき》をおもらいになりました。三国一《ごく》の美人《びじん》ですけれど、まだお笑《わら》いになったことがありません。どうしたら、愛《あい》するお后《きさき》が笑《わら》ってくれるだろうか？　王《おう》さまは、山《やま》と宝物《ほうもつ》をお后《きさき》の前《まえ》に積《つ》まれました。けれど、やはりお笑《わら》いにはなりませんでした。

御殿《ごてん》のお庭《にわ》に、鐘《かね》がつるされていました。

「この鐘《かね》を、なんになさるのでございますか。」と、お后《きさき》が、王《おう》さまにお問《と》いになりました。

「この鐘《かね》は、私《わたし》が、忠勇《ちゅうゆう》の兵士《へいし》をここへ呼《よ》び集《あつ》めるときに、鳴《な》らす鐘《かね》だ。これを鳴《な》らせば、たちどころに、城下《じょうか》に住《す》む三万《まん》の兵士《へいし》たちは、ここへ集《あつ》まってくるのじゃ。」

「どうか、この鐘《かね》を鳴《な》らしてみせてはくださいませんか。」

「ばかなことをいうものでない。ほかの願《ねが》いならなんなりときいてやるが、この鐘《かね》は大事《だいじ》があったときのほかは、鳴《な》らされないのだ。」

「これほど、お願《ねが》いしても、おききくださらなければ……。」

王《おう》さまは、愛《あい》するお后《きさき》の機嫌《きげん》を損《そん》じたと思《おぼ》し召《め》されて、家来《けらい》に命《めい》じて、鐘《かね》をお鳴《な》らしになりました。

すると、「すわ、大事《だいじ》だ！」と、いって、三万《まん》の兵士《へいし》は、取《と》るものもとりあえず、軍《いくさ》の仕度《したく》をして、御殿《ごてん》のまわりに集《あつ》まりました。

これをごらんになった、お后《きさき》は、はじめて、からからとお笑《わら》いなさいました。

何事《なにごと》もなかったとわかると、兵士《へいし》たちは、そのまま帰《かえ》ってしまいました。

お后《きさき》は、鐘《かね》を鳴《な》らしただけで、あの先《さき》を争《あらそ》って集《あつ》まった兵士《へいし》たちのようすを、もう一度《ど》見《み》たいと思《おも》われました。

「もう一度《ど》あの鐘《かね》を鳴《な》らしてみせてください。」

王《おう》さまは、美《うつく》しいお后《きさき》の笑《わら》いをごらんになりたいばかしに、また鐘《かね》をお鳴《な》らしなさいました。鐘《かね》の音《ね》をきくと、兵士《へいし》たちは、取《と》るものもとりあえず、軍《いくさ》の装束《しょうぞく》に身《み》を堅《かた》めて、前《まえ》と同《おな》じように、御殿《ごてん》のまわりに集《あつ》まってまいりました。これをごらんになったお后《きさき》は、おもしろがって、からからと、ころげるばかりに、お笑《わら》いなさいました。

それから、幾月《いくつき》も間《ま》がなかったのであります。やぐらに登《のぼ》って見張《みは》りをしていた家来《けらい》が、あわてて降《お》りてきて、

「たいへんです、夷《えびす》の軍勢《ぐんぜい》が、押《お》し寄《よ》せてまいりました。」と、王《おう》さまに、お告《つ》げしました。

王《おう》さまは、お驚《おどろ》きなされて、さっそく、鐘《かね》をお鳴《な》らせになりました。しかし、二度《ど》も、だまされた人《ひと》たちは、またかといって、だれもくるものがありませんでした。それがために王《おう》さまとお后《きさき》は、ついに夷《えびす》の軍勢《ぐんぜい》のために、浮虜《とりこ》となってしまいました。——

おじいさんのお話《はなし》は、終《お》わりました。

＊　＊　＊　＊　＊

三郎《さぶろう》は、肩《かた》をならべて、お家《うち》の方《ほう》へ帰《かえ》りました。

「昔《むかし》、支那《しな》にあった、ほんとうの話《はなし》だってね。」と、武《たけ》ちゃんが、いいました。

「ばかな、王《おう》さまだなあ。」と、徳《とく》ちゃんが、考《かんが》え深《ぶか》そうに、いまの話《はなし》を思《おも》い出《だ》しながらいいました。

「私《わたし》、あんな后《きさき》きらいよ。」と、とし子《こ》さんが、恥《は》ずかしそうにしていいました。

あちらには、春《はる》の黄昏方《たそがれがた》の空《そら》が、うす紅《あか》く、美《うつく》しい、夢《ゆめ》のように見《み》られたのであります。

車

宮沢賢治

ハーシュは籠《かご》を頭に載っけて午前中町かどに立ってゐましたがどう云《い》ふわけか一つも仕事がありませんでした。呆《あき》れて籠をおろして腰をかけ弁当をたべはじめましたら一人の赤髯《あかひげ》の男がせはしさうにやって来ました。

「おい、大急ぎだ。兵営の普請に足りなくなったからテレピン油《ゆ》を工場から買って来て呉《く》れ。そら、あすこにある車をひいてね、四罐《くわん》だけ、この名刺を持って行くんだ。」

「どこへ行くのです。」ハーシュは弁当をしまって立ちあがりながら訊《き》きました。

「そいつを今云ふよ。いゝか。その橋を渡って楊《やなぎ》の並木に出るだらう。十町ばかり行くと白い杭《くひ》が右側に立ってゐる。そこから右に入るんだ。すると蕈《きのこ》の形をした松林があるからね、そいつに入って行けばいゝんだ。いや、路《みち》がひとりでそこへ行くよ。林の裏側に工場がある。さあ、早く。」

ハーシュは大きな名刺を受け取りました。赤髯の男はぐいぐいハーシュの手を引っぱって一台のよぼよぼの車のとこまで連れて行きました。

「さあ、早く。今日中に塗っちまはなけぁいけないんだから。」

ハーシュは車を引っぱりました。

間もなくハーシュは楊《やなぎ》並木の白い杭の立ってゐる所まで来ました。

「おや、蕈の形の林だなんて。こんな蕈があるもんか。あの男は来たことがないんだな。」ハーシュはそっちの方へ路をまがりながら貰《もら》って来た大きな名刺を見ました。

「土木建築設計工作等請負　ニジニ・ハラウ、ふん、テレピン油の工場だなんて見るのははじめてだぞ。」

　ハーシュは車をひいて青い松林のすぐそばまで来ました。すがすがしい松脂《まつやに》のにほひがして鳥もツンツン啼《な》きました。みちはやっと車が通るぐらゐ、おほばこが二列にみちの中に生え、何べんも日が照ったり蔭《かげ》ったりしてその黄いろのみちの土は明るくなったり暗くなったりしました。ふとハーシュは縮れ毛の可愛らしい子供が水色の水兵服を着て空気銃を持ってばらの藪《やぶ》のこっち側に立ってしげしげとハーシュの車をひいて来るのを見てゐるのに気が付きました。あんまりこっちを見てゐるのでハーシュはわらひました。

　すると子供は少し機嫌《きげん》の悪い顔をしてゐましたがハーシュがすぐそのそばまで行きましたら俄《には》かに子供が叫びました。

「僕、車へのせてって呉れ。」

　ハーシュはとまりました。

「この車がたがたしますよ。よござんすか。坊ちゃん。」

「がたがたしたって僕ちっともこはくない。」こどもが大威張りで云ひました。

「そんならお乗りなさい。よおっと。そら。しっかりつかまっておいでなさい。鉄砲は前へ置いて。そら、動きますよ。」ハーシュはうしろを見ながら車をそろそろ引っぱりはじめました。子供は思ったよりも車ががたがたするので唇《くちびる》をまげてやっぱり少し怖いやうでした。それでも一生けん命つかまってゐました。ハーシュはずんずん車を引っぱりました。みちがだんだんせまくなって車の輪はたびたび道のふちの草の上を通りました。そのたびに車はがたっとゆれました。子供は一生けん命車にしがみついてゐました。みちはだんだんせまくなってまん中だけが凹《へこ》んで来ました。ハーシュは車をとめてこどもをふりかへって見ました。

「雀《すずめ》とってお呉れ。」こどもが云ひました。

「今に向ふへついたらとってあげますよ。それとも坊ちゃんもう下りますか。」ハーシュは松林の向ふの水いろに光る空を見ながら云ひました。

「下りない。」子供がしっかりつかまりながら答へました。

ところがそのうちにハーシュはあんまり車ががたがたするやうに思ひましたのでふり返って見ましたら車の輪は両方下の方で集まってくさび形になってゐました。

「みちのまん中が凹んでゐるためだ。それにどこかこはれたな。」ハーシュは思ひながらとまってしづかにかぢをおろしだまって車をしらべて見ましたら車輪のくさびが一本ぬけてゐました。

「坊ちゃん、もうおりて下さい。車がこはれたんですよ。あぶないですから。」

「いやだよう。」

「仕方ないな。」ハーシュはつぶやきながらあたりを見まはしました。たしかに構はないで置けば車輪はすっかり抜けてしまふのでした。

「坊ちゃん、では少し待ってゐて下さいね。いま縄《なは》をさがしますから。」ハーシュはすぐ前の左の方に入って行くちひさな路を見付けて云ひました。そしてそのみちは向ふの林のかげの一軒の百姓家へ入るらしいのでした。ハーシュはそのみちを急いで行きました。麦のはぜがずうっとかかってその向ふに小さな赤い屋根の家と井戸と柳の木とが明るく日光に照ってゐるのを見ました。

ハーシュはその麦はぜの下に一本の縄《なは》が落ちてゐるのを見ました。ハーシュは屈《かが》んで拾はうとしましたら、いきなりうしろから高い女の声がしました。

「何する、持って行くな、ひとのもの。」ハーシュはびっくりしてふり返って見ましたら顔の赤いせいの高い百姓のおかみさんでした。ハーシュはどぎまぎして云ひました。

「車がこはれましてね。あとで何かお礼をしますからどうかゆづってやって下さい。」

「いけない。ひとが一生けん命綯《な》ったものをだまって持って行く。町の者みんな斯《か》うだ。」

ハーシュはしょげて縄《なは》をそこに置いて車の方に戻りました。百姓のおかみさんはあとでまだぶつぶつ云ってゐました。

「あの縄綯《なはな》ふに一時間かかったんだ。仕方ない。怒るのはもっともだ。」ハーシュは眼《め》をつぶってさう思ひました。

「あゝ、くさび何処《どこ》かに落ちてるな。さがせばいゝんだ。」

ハーシュは車のとこに戻ってそれから又来た方を戻ってくさびをたづねました。

「早くおいでよ。」子供が足を長くして車の上に座りながら云ひました。

くさびはすぐおほばこの中に落ちてゐました。

「あ、あった。何でもない。」ハーシュはくさびを車輪にはめようとしました。

「まだはめない方がいゝよ。すぐ川があるから。」子供が云ひました。

ハーシュは笑ひながらくさびをはめて油で黒くなった手を草になすりました。

「さあ行きますよ。」

車がまた動きました。ところが子供の云ったやうにすぐ小さな川があったのです。二本の松木が橋になってゐました。

ははあ、この子供がくさびをはめない方がいゝと云ったのは車輪が下で寄さってこの橋を通れるといふのだな、ハーシュはひとりで考へて笑ひました。

水は二寸ぐらゐしかありませんでしたからハーシュは車を引いて川をわたりました。砂利ががりがり云ひ子供はいよいよ一生けん命にしがみ附いてゐました。

そして松林のはづれに小さなテレピン油の工場が見えて来ました。松やにの匂《にほひ》がしぃんとして青い煙はあがり日光はさんさんと降ってゐました。その戸口にハーシュは車をとめて叫びました。

「兵営からテレピン油を取りに来ました。」

技師長兼職工が笑って顔を出しました。

「済みません。いまお届けしようと思ってゐましたが手があきませんでね。」

「いゝえ、私はたゞ頼まれて来たんです。」

「さうですか。すぐあげます。おい、どこへ行ったんだ。」

技師長は子供に云ひました。

「どうも車が遅くてね。」

「それはいかんな。」技師長がわらひました。ハーシュもわらひました、ほんたうに面白かった、こんなに遊びながら仕事になるんなら今日午前中仕事がなくていやな気がしたののうめ合せにはたくさんだとハーシュは思ひました。

虹の橋

野口雨情

（一）

ある山国に、美しい湖がありました。

この湖には、昔から、いろいろな不思議なことがありました。青々と澄んだ水が急に濁つたり、風もないのに浪が立つたり、空が曇つて星のない晩でも、湖の中にはお星様が映つて見えることなぞもありました。それには何か深い理由《わけ》があるだらうと、村の人達は思つてゐましたが、湖の中におゐでになる水神様のほかには、誰も知りませんでした。

いろいろ不思議なことがある中でも、わけても不思議なのは、この湖の上にかかる虹の橋でした。それは、ほかでは見られない綺麗な大きな虹でした。虹が出るたびに村の人達は、いつも湖の岸へ出て、その美しさに見とれて居るのでした。

この湖に向ひ合つて、二つの村がありました。村の人達は、たいてい漁をしたり機《はた》を織つたりして、その日その日を平和に暮して居りました。

さて、この湖の一方の村に、おたあちやんと、おきいちやんといふ、それはそれは仲のよい友達がありました。二人とも同じ歳の九つでした。

二人は、姉妹《きやうだい》のやうに、いゝえいゝえ姉妹よりも、もつともつと仲よしでした。それに顔や姿までが、どことなく似てゐたものですから、村の人達は双児のやうだとよく云ひました。

しかし、おたあちやんの家は、どちらかと云へば、村でも金持ちの方でしたが、おきいちやんの方は貧乏な家でした。また、おたあちやんには、本当のお父さんも、お母さんもありましたが、おきいちやんには、それがありませんでしたから、赤ン坊の時から伯父さんや伯母さんの手で、やしなはれて来たのでした。

この平和な村にも春はおとづれて来ました。機屋《はたや》の窓にも、湖の上にも、陽炎《かげろふ》がゆらゆらと燃えはじめました。

二人の仲よしは、芹だの、蓬《よもぎ》だのと、毎日のやうに、湖に沿ふて遠くまで摘み草に出掛ました。

（二）

ある日、二人の仲よしは、土筆《つくし》を採りに行くことになりました。おたあちやんのお母さんは、いつものやうに、二人にお弁当をこしらへてくれました。そして云ひました。

『土筆を採りに行つたら、気をつけておいでよ、三又土筆と云つて一つの茎から三つの土筆が出てゐるのがあるかも知れないからね。そんなのは滅多にないのだけど、ひよつとしたらあるかも知れないよ、昔から三又土筆を見つけた人は、出世すると云つてゐるから探して御覧』

出世すると云はれて、二人の大《おほき》くみひらいた眼には、一層喜びの色があらはれました。

『わたし、なんだか三又土筆てのを見つけるやうな気がしてよ』とおたあちやんは行く途々《みちみち》云ひました。

『さう、わたしもそんな気がするわ』

おきいちやんも負けん気になつて云ひました。

『ぢや、二人とも見つけるのね』

『そして二人共出世するのよ』

『オホホホオホホホ』

『オホホホオホホホ』

二人はたわいもなく笑ひ興じながら村境を湖の方へ流れてゐる小川の堤《どて》へまゐりました。そこから二人は堤に添ふて、はしやぎながら土筆《つくし》を採つてゆきました。

一丁ゆき、二丁ゆくうちに、いつの間にかだんまりになつて、先へ先へと土筆を採り採りゆきました。

お昼頃になると、二人は堤の上へあがつてお弁当のお握飯《むすび》を出して食べました。

『三又土筆て、ほんとにあるのか知ら、おきいちやんどう思つて』

『わたしは、あると思ふわ』

『さう、わたしなんだか判らなくなつてよ』

『だつて、まだこれからだもの』

お互に摘んだ土筆を見せ合つたりなんかして、又二人は摘みはじめました。

さうして、日が余ツぽど西へ傾く頃までには二人の小さい籠は土筆で一杯になりましたが、見つけたいと思ふかんじんの三又土筆は見つかりませんでした。

おたあちやんは、もう飽き飽きして『帰りませう、帰りませう』と云ひましたが、おきいちやんは『もう鳥渡《ちよつと》、もう鳥渡』と云つて矢張り摘んでゐました。

『わたし、もう草足《くたびれ》たんだもの』とおたあちやんは摘むことをやめて立つて見てゐました。すると、おきいちやんは、

『おたあちやん、あつてよ、あつてよ、ほら三又土筆《つくし》だわ』と云つて、うれしさうに叫びました。

（三）

おきいちやんが見つけた三又土筆を見て、おたあちやんは『まあ』と云つて、あとの言葉が出ませんでした。そして口惜さうな顔をして、おきいちやんの顔を見ました。おきいちやんは、あんまりのことに吃驚《びつくり》して、気を失つたやうになりました。だつて

こんなことは永い間に一度もなかつたんですもの。

おたあちやんは

『わたしも探さう』と云つて、おきいちやんの前に立つてずんずんゆきました。おきいちやんは、おどおどしながら後からついてゆきました。おたあちやんは、いくら探しても三又土筆は見つかりませんでした。

そのうちに日は、とつぷり暮れて了《しま》ひましたが、おたあちやんは帰らうとはしませんでした。

『おたあちやん、また明日来て探さない』

とおきいちやんが云ひましたが、返事もしませんでした。

もう四辺《あたり》が薄暗くなつて、土筆も草も見分けがつかなくなりました。

おたあちやんが、口惜さに泣きたくなるのを耐へてゐる様子を見ますと、おきいちやんは言葉がかけられませんでした。おたあちやんは、三又土筆《つくし》が自分に見つからないで、おきいちやんに見つかつたことが口惜くて口惜くて、友達も仲よしもなくなつて了つたのでした。

二人は、物も云はずに、薄暗くなつた堤《どて》の上を、とぼとぼと歩いて元来た途《みち》の方へ帰りました。

おきいちやんは、もう嬉しくもなんともなくなつて、却つて三又土筆なんか見つけたことを後悔しました。いつそ、おたあちやんにあげて了はうかと思ひました。おたあちやんが、不図《ふと》見ますと、おきいちやんの提《さげ》てゐる籠の一番上に、憎い憎い三又土筆が載つてゐました。おたあちやんは、急に悪い気になつて、その三又土筆を掴むなり小川の中へ抛《はふ》り投げて了ひました。

『あらツ』と云つて驚いた途端《はづみ》におきいちやんは、ずるずると足を辷らして堤《どて》から小川の中へすべり落ちました。

おたあちやんは、後も見ずに堤の上を駆け駆け一生懸命に家まで帰りました。お母さんは心配して表へ出て居ました。

『おきいちやんは、どうしたの』とお母さんから訊《き》かれたとき。

『前《さき》に帰つたんだわ』と云つて、なんにも知らない振りをしてゐました。

（四）

あくる日になつて、いつもかかさずに遊びに来るおきいちやんが来ませんでした。

『おまへ、おきいちやんと喧嘩でもしたんぢやないのかい』とお母さんは自分が云ひ出した三又土筆のことから、二人の仲よしが、仲の悪い悪い二人になつたとは知らずに訊きました。

『うゥム』『うゥム』とおたあちやんは頭を横に振つてゐました。

そのあくる日も、そのあくる日も、おきいちやんは遊びに来ませんでした。

お母さんは『喧嘩したんだらう』と幾度訊いても、そのたんびおたあちやんは、頭を横に振つてゐるばかりでした。

そのうちに、おきいちゃんが病気で寝てゐると云ふことを近所の人から聞きました。おたあちゃんのお母さんは『見舞にいっておいで』と云っても、おたあちゃんは、いつも気のない返事をして、却々《なかなか》行きさうにもしませんでした。

おたあちゃんは、今は、あの日のことが沁《し》み沁《じ》み後悔されて『悪いことをした』と心で思ふやうになりました。それがだんだん嵩《たかま》って来て濁ってゐたおたあちゃんの心は、一日一日と澄んで来るやうになりました。おたあちゃんは、三又土筆《つくし》のことをお母さんに話して了《しまほ》ふかと思ひましたが、それでは却ってお母さんに心配をかけるだらうと、一人で胸をいためて居りました。

幾日かたつうちに春もすぎて、夏が来ました。今年も湖の上に虹の橋のかかる頃となりました。

今年も虹は
湖《こすゐ》の上さ
太鼓橋かけた

去年も虹は
湖の上さ

太鼓橋かけた

昔も　今も
湖の上さ
太鼓橋かけた

湖の上さ
百間幅の
太鼓橋かけた

今日も、村の子供達は、湖の岸に立つて唄つて居りました。

（五）

それから、幾日かたつて、おたあちやんとおたあちやんのお母さんとが、おきいちやんの家の前を通りました。二人は吃驚《びつくり》しました。家には戸が締つてゐて、もう幾日も人の住んだやうな気配が見えませんでした。どうしたのかと思つて近所の人達に訊いて見ますと、おきいちやんの家は今から一月も前、湖の向ふの村へ越して行つたと云ふことでした。

なほ、近所の人達の話によりますと、おきいちやんは、春からずつと病《わづら》つてゐましたが、近頃になつて、どうにか治つたかと思ふと、こんどは伯母さんが病《わづら》ふやうになりました。

伯父さんは歳を老《と》つてゐるし、もともと貧乏な家ですから、どうすることも出来なくなつて、病みあがりのおきいちやんは、湖の向ふの村の機場《はたば》へ機織工女に売られることになつたのです。それと同時に伯父さん伯母さん達は、他《よそ》の村へ越して行つたと云ふことでした。

おたあちやんのお母さんは『何んと云ふ不仕合せな人だらう』と涙ぐみました。おたあちやんの眼にも涙が一杯浮んで来ました。

おたあちやんは、次の日から、湖の岸の水神様《すゐじんさま》のお宮へお願《ぐわん》をかけました。

――水神様、どうかおきいちやんを救つてあげて下さい。ほんたうにわたしがわるかつたのです。三又土筆《つくし》がなかつたら、こんなにわたしは苦しい思ひはしなかつたでせう、ほんたうにわたしがわるかつたのです。水神様、どうぞおきいちやんを救つてあげて下さい――

かうしてゐるうちに、いつとはなしに、向ふの村から、こつちの村へ往き来してゐる船頭達の間にこんな唄が謡《うた》はれるやうになりました。

湖《こすゐ》の風は
何んと云つて吹いた
明日《あした》は　帰ろ
生れた村へ

湖の風は
どこから吹いた
機屋の背戸の
藪から吹いた

（六）

水神様《すゐじんさま》のお宮は、湖の岸の、杉の大木の茂つた丘の上にあつて大変見晴らしのよい所でした。天気のいい日には、湖を越えて、ずつと向ふの村まで見渡されるのでした。

おたあちやんは、お宮の境内から向ふの村を眺めて、おきいちやんのことを思ふのでした。今日もお宮の境内から見てゐると、珍らしく大きな虹が湖の上へ出てゐました。それが丁度向ふの村から、こつちの村へ橋をかけたやうに出てゐました。村の子供達は、湖の岸へ立つて虹の唄を謡《うた》つてゐるのも聞えました。

おたあちやんは、はじめは、ただうつとりと見とれてゐましたが、だんだん見てゐるうちに悲しくなつて来ました。それは、まだ二人が仲よしで遊んでゐた、ある夏の夕方、大きな大きな虹が出ました。その時おきいちやんは何にかに憑れたやうな調子で、しみじみ話しました。

『虹の橋の上には、きつと天の御殿があるのよ、そして、そこには綺麗な花が沢山咲いてゐると思ふわ。わたし死んだら天の御殿へゆくの、おたあちやんもおいでよねえ、わたし死ぬとき大きな虹の橋が出てくれればいいと思ふわ』

『わたしも一緒に行くわよ』

『さう』と云つておきいちやんは、どうしたことか、ほろほろと涙を落したことがありました。

虹はいつまで見てゐても消えませんでした。おたあちやんは、ぢツとしてはゐられなく悲しくなつて来て、急いでお宮の石段を下りて家《うち》へ帰りました。

家へ帰る途々《みちみち》も、仲よしであつた頃のおきいちやんの云はれたことが思ひ出されて、仕方がなかつたのでした。

それから間もなく、おきいちやんが、機場《はたば》で亡《なくな》られたと云ふ話を聞きました。おたあちやんがお宮の境内で大きな虹の橋を見た日が丁度その日だつたのです。

湖の船頭達は、いつどこから聞いて来たのか、又こんな唄を謡《うた》ふやうになりました。

湖《うみ》の向ふのあつちの国の
花が欲しくば
唄聞きたくば
赤い草履《ぞんぞ》はいて
虹の橋渡れ

湖の向ふのあつちの国の
花が見たくば
唄恋しくば
赤い下駄《かっこ》はいて
虹の橋渡れ

（七）

虹の橋は湖の上へ幾度もかかりました。

虹の橋のかかるたび、おたあちやんは、きつと水神様《すゐじんさま》のお宮へいつてゐました。

――水神様、あの虹の橋を渡つて天の御殿へゆけるやうにわたしをして下さい。わたしは、おきいちやんの傍へゆきたう御座います、どうかわたしの願ひをきいれて下さい――

いつも斯う云つてお祈りをしてゐるうちに、おたあちやんの心はだんだん浄められて水晶のやうになりました。

心がだんだん澄んで来るにつれて、虹の橋の上に、これまで見えなかつた美しい天の御殿が見えるやうになつて来ました。それが一日毎にはつきりして来ました。

天《そら》の御殿からは、天人が謡《うた》ふ、長閑《のどか》な楽《たのし》い唄が聞えて来ました。

おたあちやんは、うつとりと聞きとれるのでした。と、

『おたあちやん、おたあちやん』と呼ぶ声がしました。

『あ、おきいちやんの声だ、おきいちやん、おきいちやん、勘忍して頂戴、わたしも御殿へまへりますよ、いままへりますよ。おきいちやん、おきいちやん勘忍して頂戴』

おたあちやんは、気狂《きちがひ》のやうに同じことを幾度も幾度も繰返して口ばしりました。

それから幾日もたたないうちに、おたあちやんの姿が見えなくなりました。
虹の橋も、いつとなく小さいのしか、かからなくなつて了ひました。
さうすると、また、船頭達の間に、こんな唄が謡《うた》はれるやうになりました。

湖《こすゐ》の上さ
天まで続く
虹の橋かけた

ふりわけ髪の
二人の子供
渡つて行つた

赤い下駄《かつこ》はいて
赤い草履《ぞんぞ》はいて
手々ひいて行つた

かうして、湖の船頭達の間には、この不思議な唄がいつまでも謡《うた》はれてゐました。それが軈《やが》て村の子供等にまで謡はれるやうになりましたが、誰一人この不思議な唄の意味《わけ》を知つてゐる者はありませんでした。

ただ知つてゐるのは湖の水神様《すゐじんさま》ばかりでした。

花束

田山録弥（田山花袋）

一

順吉は今でもはつきりとその時のさまを思ひ出すことが出来た。右に石垣、その下に柳の大きな樹が茂つて、向うに橋がある——その橋も、殿様のゐる頃には大小を挟《たばさ》んだ侍が通つたり、騎馬の武士が蹄《ひづめ》を鳴して勇しく渡つて行つたりしたもので、昔は徒士《かち》や足軽の子供などはそこに寄りつけもしなかつたものであつたが、城に草が生えるやうになつてから全く廃《す》たれて、ぎぼしは盗まれ、欄干は破れ、橋板もところどころ腐つて、危くつてとても渡つて行くことが出来ないぐらゐになつてゐた。それにも拘らず、そこらに遊びに来てゐる子供達は、却つてその橋のぐらぐら動くのを面白がつて、わざと欄干の上をわたつたり、ところどころ大穴の明いてゐる橋板を踏み鳴して向うに行つたり、それも倦きて、忽ち裸になつて、その下の綺麗な水にザンブと身を跳らせたりした。何うしてあそこがあんなに面白かつたか。何うして母親にあれほど行つてはならないと厳しく戒められながら平気でそこに出かけて行つたか。それは今の順吉にもちよつともわからなかつたけれども、兎に角夏から秋にかけて、昼過には、子供達は大勢そこに集つて行つたものだつた。『また、お前、千貫橋に行つたね。うそを言つたつて、すぐわかるよ』順吉が帰つて行くと、母親や姉はかう言つて水を浴びて綺麗になつてゐるその顔を眺めた。

ある時、順吉の顔を見ながら母親が言つた。

『お前、千貫橋は怖いんだよ。あそこには昔から主《ぬし》がゐるんだよ』

『主つて……?』

『主ツて、お前、太い、太い、四斗樽のやうな大蛇《おろち》サ……』

『そんなものはゐやしないやい……』

『ゐるんだよ、昔からさう言つてゐるんだもの……。殿様のゐる時分にも、度々その主が人を呑んだんだもの……。体はなくつて大小だけ橋の下に落ちてのこつてゐたこともあるんだもの……』

『うそだい……』もう好加減大きくなつてゐる順吉は、容易にさうした嚇《おど》かしを信じなかつた。

『だつて、お前、本当だよ』

傍《そば》にゐた姉も真面目な顔の表情をしてかう附け加へた。

そればかりではなかつた。母親はその他にも不思議なことや恐しいことがその千貫橋のあたりに沢山巴渦《うづ》を巻いてゐると話した。あの水の綺麗なのも、あたりが何となくさびしいのも、あそこが魔の場所だからだと話した。『さうだらう……。お前だつてさう思ふだらう。何処かあの柳の下なんか気味がわるいだらう。それがその証拠だよ。だから行くんではないよ』母親はかう附け足した。

それはそこに行かせないために、さう母親が言ふのであることはわかつてゐても、それでもそれが全くさうであるとは順吉には思へなかつた。しかしそのあたりの荒れ切つたさまや、草が生え放題に生えてゐるさまや、柳が風に靡いてゐるさまや、そこに綺麗な水がさらさらと石畳の上を流れて、果ては次第に深い壺のやうになつてゐるさまは、幼い心にも多少の無気味を誘はないでもなかつた。順吉は眼をまじまじとさせて、そのあたりのさまをその前に浮べた。

二

それは順吉などの家のあるところからは三四町離れて、石高の多い侍達の住んでゐる方から遊びに来る子供達の群であつたが、その中にお園といふ九歳ばかりの色の白い女の児がゐて、いつも十二三になる兄と一緒にそこにあそびにやつて来るのを例としてゐた。その兄といふのは、きかぬ気の、いたづら盛りの、よく裸になつて泳いだり、喧嘩をしたり、餓鬼大将になつたりしてゐたが、その兄と順吉とは仲好で、学校の方でもいつも一緒になつて遊んでゐたが、しかも順吉の心は寧ろその色白のやさしい妹の方に偏つてゐて、わるいいたづらをしながらも——橋の欄干をわたつて行くにも、また深い壺のやうになつてゐる淵の方へと泳いで行くにも、また強い仲間にわざと喧嘩を吹きかけるにも、常にその傍にその女の児を予想してゐないことはなかつたのであつた。その美しい眼とその濃い眉とを順吉は今でもはつきりとその眼の前に浮べることが出来た。

その千貫橋から少し此方に来ると、そこに土手があつて、いつも日がよく当つてゐたが、そこでお園と呼ばれたその女の児は、もう一人の同じ年ぐらゐの女の児と、いつも一緒に持つて来た花などを並べて遊んでゐたことを順吉は鮮かに覚えてゐる。それは何うした時だつたか、またいつもその傍にゐないことのない、時にはいつもそのゐるのを邪魔にすら思つたことのあるその兄が、何うしてその時はゐなかつたか、はつきりとそれは記憶してはゐないが、兎に角その女の児二人と一緒に、その土手の下のところから、向うに見えてゐる倉庫の方へと行つて見たことがあつたのをかれは今でも覚えてゐる。

『あそこまで行つて見よう！』

かう順吉から誘つたが、二人の女の児達はぐづぐづしてゐて、始めは容易にそれに従はうとはしなかつた。

『だつて、あんなとこまで？』

一人の方の女の児は、かう言つてそのお園といふ女の児と顔を見合せた。

『…………』

お園といふ女の児は黙つて笑つてゐた。

『すぐだよ』

『でもねえ……』

女の児達はぐづぐづしてゐた。

『何も怖いものなんかありやしないやい。唯、蔵があるばかりだい……。臆病だなア……』

と、お園といふ女の児は、さう言はれたのに激したやうな表情をして、

『臆病ぢやありやしない――さ、それなら、行きませう』

今度はお園の方が先に立つて、もう一人の女の児を促した。

『でも』

まだ動かぬのを、

『だつて、私、臆病ぢやない。サ、行きませう』

と言つてその袖を取つた。為方なしにその女の児も歩いた。

それはその橋のところから三四町ぐらゐしかなかつた。草が高く高く茂つて、ところに由つては人の肩を埋めるぐらゐであつたけれども、それでもその倉庫への路は、細く曲くねつてつゞいて行つてゐた。

順吉達はやがてその倉庫のあるところへと行つた。そこには建物が二つあつて、何でも殿様のゐる頃には、具足や槍や鉄砲などが入れられてあつたらしく、その他にもまださうした建物があつたと思はれるやうな跡もそこらに残つてゐるのを見かけた。

順吉はそこまで女の児を伴れては来たけれども、何となく自分から無気味になつて、そのぴつしやりと盲目の眼のやうに閉められた扉――それもその上半部が金網になつてゐる扉の前へ進むことが出来ないで立ちつくしてゐると、

『何うしたの？』

かうお園といふ女の児は促して、『でも、此処まで来れば、もう臆病ぢやないの？』

『それは臆病ぢやない……』

さう言はれたので満足したといふやうに、お園は平気で、自分から先きに立つて、その倉庫の扉の前のところへと行つた。それに誘はれて順吉もそのあとから続いた。もう一人の方の女の児も続いた。

順吉はその扉の上半部の金網に成つてゐるところから、足を一杯につま立てて、辛うじてその中を覗いて見た。女の児は二人とも背が低いので、先きにお園でない方の女の児を、つぎにお園を抱き上げてそれを覗かせてやつた。

重いのをやつと下におろして、

『見えたらう？』

『…………』

お園は黙つて点頭いた。

『何があつたえ？』

『何にもなかつた……』一人の方の女の児が口を出した。

『でも、日影がさしてゐたらう！』。

『さうよ、日影が――』

お園は言つた。

何処からさし込んで来てゐるのかわからなかつたけれども、明るい午後の日影が、塵埃《ほこり》くさいガランとした空気の中に、くつきりと線を成して落ちてゐたのを順吉は今でもはつきりとその眼の前に浮べることが出来た。

三

ある日のことだつた。順吉はその千貫橋の方からずつと此方の方へと来て遊んでゐた。やつぱり晴れた美しい秋の日であつた。

もう水泳の季節ではないので、誰も水の中には入つて行かなかつた。橋の上の遊びにも倦んだ。かれ等は今は皐斯《ばつた》を追つたり、草の上で相撲を取つたり、いくさごつこをしたりしてゐた。その日もお園はその女の児と来てゐた。

順吉達は自分の遊びに心を奪はれて、全く何も知らずにゐた。かれ等は達磨のやうに彼方此方《あつちこつち》に転つたり、帯をつかまへて引張り合つたり、一つにかたまつて馬乗になつてゐるその大将を上から引摺り下したりなどしてゐた。誰も全く何も知らずにゐた。

ところが、さつき云ふことをきかないために仲間はづれにされた源太といふ男の児が、さびしさうに、またつまらなさうに、向うの方へと歩いて行つてゐたが、それが突然走つて来て、『大変だ！大変だ！』と叫んだ。

皆はそつちを見た。しかし別に変つたことも何もなかつた。これはてつきり源太めが仲間外れにされて、それを口惜《くや》しがつて、それでそんなことを云つて皆をおどかすのだらうと思つた。皆はまた組みつ解《ほぐ》れつした。

『大変だ！　大変だ！』源太は遠くで叫んだ。

近寄つて来もせず、さうかと云つて、その叫ぶことをもやめないので、お園の兄はいくらか気になつたといふやうに、常にその手下にしてゐる政公といふ子をそつちに見せてやつた。此方で見てゐると、政公の走つて行くのがはつきりと手に取るやうに見える。急いで走つて行くのが、段々その距離が短くなつて源太の立つて叫んでゐるところへと近寄つて行くのが、そこに行き着いて源太と政公とが何か話してゐるのが、否、話してゐるかと思つたらすぐまた政公が飛んで引返して来たのが、その政公が走りながら同じやうに、『大変だ！　大変だ！』と叫んでゐるのが、此方からもお園の兄と他の二三人が急いで走つて行つたのが、政公とお園の兄とがすれ違ふと、ちよつと立留つたがすぐ向うへ走つて行つたのが手に取るやうに見えた。

『何だ？　何だ？』

此方でも皆立上つた。

『大変だ！　大変だ！』

政公は同じやうに叫びながら此方へと走つて来た。

『何うした！　何うした！』

順吉は走り寄つた。

『大変だ！　お園ちやんが？』

『お園ちやんが何うした？』

政公は走つて来たので、はアはアと苦しげに呼吸をつくだけで、急にはその言葉をつゞけることが出来なかつた。

『え、何うした？』順吉はいきまいて問うた。

『お園ちやんが壺に落ちた！』

『えツ！』

その次の瞬間には、順吉は夢中で走つてゐた。否、そこにゐたすべての子供達は皆わーツと云つてあとから走つた。

順吉が千貫橋近く行つた時には、お園の兄は既にその壺の淵のところへと走つて行つてゐるのが見えた。柳の下には、もう一人の方の女の児が花束を手にしたまゝ、白い顔を上にして、声を立てて泣いてゐるのがはつきり午後の明るい日影の中に見えてゐた。順吉は驀地《まつしぐら》に走つた。

その女の児の傍を掠めながら、『何うしたんだ！』と順吉は訊いた。

『お園ちやんが――？』

『何うした？』

振返つて壺のあたりを指しながら、『向うの……向うの花を取らうとして……そして落つこつた！』あとは唯泣きじやくつた。

順吉は急いでその壺のところへと走つた。

壺のやうになつてゐる淵には、今しも丁度裸に成つて跳《をど》り込んだお園の兄が、その向うの深みのところに浮いてゐる――衣の裾もまくれ、白い両足もあらはに、ふうわりと唯水の上に置かれてでもあるやうになつてゐるそのお園の方へと急いで近寄つて行つてゐるところであつた。かの女はその上の崖のところにある美しい花に心を惹かれて、それを取らうとして、足を滑らして、毬のやうにその深淵へと墜落したのであつた。順吉はぢつとそこに立尽したことを思ひ起した。花束を手にしたままぐつたりとして兄の膝に抱かれたお園の屍《かばね》――それは今だに順吉の眼にはつきりと残つてゐる。

橋

池谷信三郎

1

人と別れた瞳のように、水を含んだ灰色の空を、大きく環を描きながら、伝書鳩の群が新聞社の上空を散歩していた。煙が低く空を這って、生活の流れの上に溶《と》けていた。

黄昏《たそがれ》が街の灯火に光りを添《そ》えながら、露路の末まで浸みて行った。

雪解けの日の夕暮。——都会は靄の底に沈み、高い建物の輪郭が空の中に消えたころ、上層の窓にともされた灯が、霧の夜の灯台のように瞬《また》いていた。

果物屋の店の中は一面に曇った硝子《ガラス》の壁にとり囲まれ、彼が毛糸の襟巻《えりまき》の端で、何んの気なしにSと大きく頭文字を拭きとったら、ひょっこり靄の中から蜜柑《みかん》とポンカンが現われた。女の笑顔が蜜柑の後ろで拗《す》ねていた。彼が硝子の戸を押してはいって行くと、女はつんとして、ナプキンの紙で拵《こしら》えた人形に燐寸《マッチ》の火をつけていた。人形は燃えながら、灰皿の中に崩れ落ちて行った。燐寸の箱が粉々に卓子《テーブル》の上に散らかっていた。

——遅かった。

——……

――どうかしたの？

――……

――クリイムがついていますよ、口の廻りに。

――そう？

――僕は窓を見ていると、あれが人間の感情を浪漫的にする麗《うるわ》しい象徴だと思うのです。

――そう？

――今も人のうようよと吐《は》きだされる会社の門を、僕もその一人となって吐きだされてきたのです。無数の後姿が、僕の前をどんどん追い越して、重なり合って、妙に淋しい背中の形を僕の瞳に残しながら、皆んなすいすいと消えて行くのです。街はひどい霧でね、その中にけたたましい電車の鈴《ベル》です自動車の頭灯《ヘッドライト》です。光りが廻ると、その輪の中にうようよと音もなく蠢《うごめ》く、ちょうど海の底の魚群のように、人、人、人、人、……僕が眼を上げると、ほら、あすこのデパアトメントストオアね、もう店を閉じて灯火は消えているのです。建物の輪廓が靄の中に溶けこんで、まるで空との境が解らないのです。すると、ぽつんと思いがけない高い所に、たった一つ、灯がはいっているのです。あすこの事務室で、きっと残務をとっている人々なのでしょう。僕は、……

――まあ、お饒舌《しゃべ》りね、あんたは。どうかしてるんじゃない、今日？

――どうしてです。

――だって、だって眼にいっぱい涙をためて。

――霧ですよ。霧が睫毛《まつげ》にたまったのです。

――あなたは、もう私と会ってくださらないおつもりなの?

――だって君は、どうしても、橋の向うへ僕を連れていってくれないんですもの。だから、……

女はきゅうに黙ってしまった。彼女の顔に青いメランコリヤが、湖の面を走る雲の影のように動いて行った。しばらくして、

――いらっしてもいいのよ。だけど、……いらっしゃらない方がいいわ。


町の外《はず》れに橋があった。橋の向うはいつでも霧がかかっていた。女はその橋の袂《たもと》へ来ると、きまって、さよなら、と言った。そうして振り返りもせずに、さっさと橋を渡って帰って行った。彼はぼんやりと橋の袂の街灯に凭《よ》りかかって、靄の中に消えて行く女の後姿を見送っている。女が口吟《くちずさ》んで行く「マズルカ」の曲に耳を傾けている。それからくるりと踵《くびす》を返して、あの曲りくねった露路の中を野犬のようにしょんぼりと帰ってくるのだった。

炭火のない暗い小部屋の中で、シャツをひっぱりながら、あの橋の向うの彼女を知ることが、最近の彼の憧憬になっていた。だけど、女が来いと言わないのに、彼がひとりで橋を渡って行くことは、彼にとって、負けた気がしてできなかった。女はいつも定った時間に、蜜柑の後ろで彼を待っ

ていた。女はシイカと言っていた。それ以外の名も、またどう書くのかさえも、彼は知らなかった。どうして彼女と識り合ったのかさえ、もう彼には実感がなかった。

2

夜が都会を包んでいた。新聞社の屋上庭園には、夜風が葬式のように吹いていた。一つの黒い人影が、ぼんやりと欄干から下の街を見下していた。大通りに沿って、二条に続いた街灯の連りが、限りなく真直ぐに走って、自動車の頭灯《ヘッドライト》が、魚の動きにつれて光る、夜の海の夜光虫のように交錯していた。

階下の工場で、一分間に数千枚の新聞紙を刷《す》りだす、アルバート会社製の高速度輪転機が、附近二十余軒の住民を、不眠性神経衰弱に陥《おとし》れながら、轟々《ごうごう》と廻転をし続けていた。油と紙と汗の臭いが、新大臣のお孫さんの笑顔だとか、花嫁の悲しげな眼差《まなざ》し、あるいはイプセン、蒋介石、心中、保険魔、寺尾文子、荒木又右衛門、モラトリアム、……等といっしょに、荒縄でくくられ、トラックに積みこまれて、この大都会を地方へつなぐいくつかの停車場へ向けて送りだされていた。だから彼が、まるで黒いゴム風船のように、飄然《ひょうぜん》とこの屋上庭園に上ってきたとて、誰も咎《とが》める人などありはしない。彼はシイカの事を考えていた。モーニングを着たらきっとあなたはよくお似合になるわよ、と言ったシイカの笑顔を。

彼はそっとポケットから、クララ・ボウのプロマイドを取りだして眺めた。屋上に高く聳《そび》えた塔の廻りを、さっきから廻転している探海灯が、長い光りの尾の先で、都会の空を撫でながら一閃《いっせん》するたびに、クララ・ボウの顔がさっと明るく微笑《ほほえ》んだが、暗くなるとまた、むっつりと暗闇の中で物を想いだした。彼女にはそういうところがあった。シイカには。

彼女はいつも、会えば陽気にはしゃいでいるのだったが、マズルカを口吟《くちずさ》みながら、橋の向うへ消えて行く彼女の後姿は、——会っていない時の、彼の想い出の中に活《い》きている彼女は、シイカは、墓場へ向う路のように淋しく憂鬱《ゆううつ》だった。

カリフォルニヤの明るい空の下で、溌溂《はつらつ》と動いている少女の姿が、世界じゅうの無数のスクリンの上で、果物と太陽の香りを発散した。東洋人独特の淑《しと》やかさはあり、それに髪は断《き》ってはいなかったが、シイカの面影にはどこかそのクララに似たところがあった。とりわけ彼女が、忘れものよ、と言って、心持首を傾《かし》げながら、彼の唇を求める時。シイカはどうしても写真をくれないので、——彼女は、人間が過去というものの中に存在していたという、たしかな証拠を残しておくことを、なぜかひどく嫌やがった。彼女はそれほど、瞬間の今の自分以外の存在を考えることを恐れていた。——だから、しかたなく彼はそのアメリカの女優のプロマイドを買ってきて、鼻のところを薄墨で少し低く直したのであった。

彼がシイカといつものように果物屋の店で話をしていた時、Sunkistという字が話題に上った。彼はきっと、それは太陽《サン》に接吻《キッス》されたという意味だと主張した。カリフォルニヤはいつも明るい空の下に、果物がいっぱい実っている。あすこに君によく似たクララが、元気に、男の心の中に咲いた春の花片を散らしている。——貞操を置き忘れたカメレオンのように、陽気で憂鬱で、……

すると、シイカがきゅうに、ちょうど食べていたネーブルを指さして、どうしてこれネーブルって言うか知ってて？　と訊《き》いた。それは伊太利《イタリー》のナポリで、……と彼が言いかけると、いいえ違ってよ。これは英語の navel、お臍《へそ》って字から訛《なま》ってきたのよ。ほら、ここんとこが、お臍のようでしょう。英語の先生がそう言ったわよ、とシイカが笑った。アリストテレスが言ったじゃないの、万物は臍を有す、って。そして彼女の真紅な着物の薊《あざみ》の模様が、ふっくらとした胸のところで、激しい匂いを撒《ま》き散らしながら、揺れて揺れて、……こんなことを想いだしていたとてしかたがなかった。

彼は何をしにこんな夜更《よふけ》、新聞社の屋上に上ってきたのだったか。

3

彼はプロマイドを蔵《しま》うと、そっと歩きだした。鳩の家の扉を開けると、いきなり一羽の伝書鳩を捕えて、マントの下にかくした。

デパアトメントストオアには、あらゆる生活の断面が、ちょうど束になった葱《ねぎ》の切口のように眼に沁《し》みた。

十本では指の足りない貴婦人が、二人の令嬢の指を借りて、ありったけの所有のダイヤを光らせていた。若い会社員は妻の購買意識を散漫にするために、いろいろと食物の話を持ちだしていた。母親は、まるでお聟さんでも選ぶように、あちらこちらから娘の嫌やだと言う半襟ばかり選りだしていた。娘はじつをいうと、自分にひどく気に入ったのがあるのだが、母親に叱られそうなので、顔を赤くして困っていた。孫に好かれたい一心で、玩具《おもちゃ》の喇叭《らっぱ》を万引しているお爺さんがいた。若いタイピストは眼鏡を買っていた。これでもう、接吻をしない時でも男の顔がはっきり見えると喜びながら。告示板を利用して女優が自分の名前を宣伝していた。妹が見合をするのに、もうお嫁に行った姉さんの方が、よけい胸を躍《おど》らせていた。主義者がパラソルの色合いの錯覚を利用して、尾行の刑事を撒いていた。同性愛に陥った二人の女学生は、手をつなぎ合せながら、可憐《いじら》しそうに、お揃いの肩掛を買っていた。エレベーターがちょうど定員になったので、若夫婦にとり残された母親が、ふいと自分の年を想いだして、きゅうに淋しそうに次のを待っていた。独身者が外套のハネを落す刷毛《ブラシ》を買っていた。ラジオがこの人混みの中で、静かな小夜曲《セレナーデ》を奏していた。若い女中が奥さんの眼をかすめて、そっと高砂の式台の定価札をひっくり返してみた。屋上庭園では失恋者が猿にからかっていた。喫煙室では地所の売買が行われていた。待ち呆けを喰わされた男が、時計売場の前で、しきりと時間を気にしていたが、気の毒なことに、そこに飾られた無数の時計は、世界じゅうのあらゆる都市の時間を示していた。…………

三階の洋服売場の前へひょっこりと彼が現れた。

——モーニングが欲しいんだが。

——はあ、お誂《あつら》えで？

——今晩ぜひ要るのだが。

——それは、……

困った、といった顔つきで店員が彼の身長をメートル法に換算した。彼は背伸びをしたら、紐育《ニューヨーク》の自由の女神が見えはすまいかというような感じだった。しばらく考えていた店員は、何か気がついたらしく、そうそう、と昔なら膝を打って、一着のモーニングをとりだしてきた。じつはこれはこの間やりました世界風俗展で、巴里《パリ》の人形が着ていたのですが、と言った。

すっかり着こむと、彼は見違えるほどシャンとして、気持が、その粗《あら》い縞のズボンのように明るくなってしまった。階下にいる家内にちょっと見せてくる、と彼が言った。いかにも自然なその言いぶりや挙動で、店員は別に怪しみもしなかった。では、この御洋服は箱にお入れして、出口のお買上品引渡所へお廻しいたしておきますから、……

ところが、エレベーターはそのまま、すうっと一番下まで下りてしまった。無数の人に交って、ゆっくりと彼は街に吐きだされて行った。

もう灯の入った夕暮の街を歩きながら彼は考えた。俺は会社で一日八時間、この国の生産を人口で割っただけの仕事は充分すぎるほどしている。だから、この国の贅沢を人口で割っただけの事をしてもいいわけだ。電車の中の公衆道徳が、個人の実行によって完成されて行くように、俺のモーニングも、……それから、彼はぽかんとして、シイカがいつもハンケチを、左の手首のところに巻きつけていることを考えていた。

今日はホテルで会う約束だった。シイカが部屋をとっといてくれる約束だった。


——蒸《む》すわね、スチイムが。

そう言ってシイカが窓を開けた。そのままぼんやりと、低い空の靄の中に、無数の灯火が溶けている街の風景を見下しながら、彼女がいつものマズルカを口吟《くちずさ》んだ。このチァイコフスキイのマズルカが、リラの発音で、歌詞のない歌のように、彼女の口を漏《も》れてくると、不思議な哀調が彼の心の奥底に触れるのだった。ことに橋を渡って行くあの別離の時に。

——このマズルカには悲しい想い出があるのよ。といつかシイカが彼を憂鬱にしたことがあった。

——黒鉛ダンスって知ってて?

いきなりシイカが振り向いた。

――いいえ。

――チアレストンよりもっと新らしいのよ。

――僕はああいうダァティ・ダンスは嫌いです。

――まあ、おかしい。ホホホホホ。

このホテルの七階の、四角な小部屋の中に、たった二人で向い合っている時、彼女が橋の向うの靄の中に、語られない秘密を残してきていようなどとはどうして思えようか。彼女は春の芝生のように明るく笑い、マクラメ・レースの手提袋から、コンパクトをとりだして、ひとときおり顔を直すと、いきなりポンと彼の鼻のところへ白粉《おしろい》をつけたりした。

――私のお友だちにこんな女《ひと》があるのよ。靴下止めのところに、いつも銀の小鈴を結《ゆわ》えつけて、歩くたびにそれがカラカラと鳴るの。ああやっていつでも自分の存在をはっきりさせておきたいのね。女優さんなんて、皆んなそうかしら。

――君に女優さんの友だちがあるんですか?

――そりゃあるわよ。

――君は橋の向うで何をしてるの?

――そんなこと、訊かないって約束よ。

――だって、……

――私は親孝行をしてやろうかと思ってるの。

――お母さんやお父さんといっしょにいるんですか？

――いいえ。

――じゃ？

――どうだっていいじゃないの、そんなこと。

――僕と結婚して欲しいんだが。

シイカは不意に黙ってしまった。やがてまた、マズルカがリラリラと、かすかに彼女の唇を漏れてきた。

――だめですか？

――……

――え？

――おかしいわ。おかしな方ね、あんたは。

そして彼女はいつものとおり、真紅な着物の薊《あざみ》の模様が、ふっくらとした胸のところで、激しい匂いを撒き散らしながら、揺れて揺れて、笑ったが、彼女の瞳からは、涙が勝手に溢れていた。

しばらくすると、シイカは想いだしたように、卓子《テーブル》の上の紙包みを解《ほど》いた。その中から、美しい白耳義《ベルギー》産の切子硝子《カットグラス》の菓子鉢を取りだした。それを高く捧げてみた。電灯の光がその無数の断面に七色の虹を描きだして、彼女はうっとりと見入っていた。

彼女の一重瞼をこんなに気高いと思ったことはない。彼女の襟足をこんなに白いと感じたことはない。彼女の胸をこんなに柔かいと思ったことはない。

切子硝子がかすかな音を立てて、絨氈《じゅうたん》の敷物の上に砕け散った。大事そうに捧げていた彼女の両手がだらりと下った。彼女は二十年もそうしていた肩の凝りを感じた。何かしらほっとしたような気安い気持になって、いきなり男の胸に顔を埋めてしまった。

彼女の薬指にオニックスの指輪の跡が、赤く押されてしまった。新調のモーニングに白粉の粉がついてしまった。貞操の破片が絨氈の上でキラキラと光っていた。

卓上電話がけたたましく鳴った。

——火事です。三階から火が出たのです。早く、早く、非常口へ！

廊下には、開けられた無数の部屋の中から、けたたましい電鈴《りん》の音。続いてちょうど泊り合せていた露西亜《ロシア》の歌劇団の女優連が、寝間着姿のしどけないなりで、青い瞳に憂鬱な恐怖を浮べ、まるでソドムの美姫のように、赤い電灯の点いた非常口へ殺到した。ソプラノの悲鳴が、不思議な斉唱を響かせて。……彼女たちは、この力強い効果的な和声《ハアモニイ》が、チァイコフスキイのでもなく、またリムスキイ・コルサコフのでもなく、まったく自分たちの新らしいものであることに驚いた。部屋の戸口に、新婚の夫婦の靴が、互いにしっかりと寄り添うようにして、睦《むつま》しげに取り残されていた。

ＺＩＧ・ＺＡＧに急な角度で建物の壁に取りつけられた非常梯子《ばしご》を伝って、彼は夢中でシイカを抱いたまま走り下りた。シイカの裾が梯子の釘にひっかかって、ビリビリと裂けてしまった。見下した往来には、無数の人があちこちと、虫のように蠢《うごめ》いていた。裂かれた裾の下にはっきりと意識される彼女の肢《あし》の曲線を、溶けてしまうように固く腕に抱きしめながら、彼は夢中で人混みの中へ飛び下りた。

——裾が裂けてしまったわ。私はもうあなたのものね。

橋の袂でシイカが言った。

4

暗闇の中で伝書鳩がけたたましい羽搏《はばた》きをし続けた。

彼はじいっと眠られない夜を、シイカの事を考え明すのだった。彼はシイカとそれから二三人の男が交って、いっしょにポオカアをやった晩の事を考えていた。自分の手札をかくし、お互いに他人の手札に探りを入れるようなこの骨牌《かるた》のゲームには、絶対に無表情な、仮面のような、平気で嘘をつける顔つきが必要だった。この特別の顔つきをPoker-faceと言っていた。――シイカがこんな巧みなポオカア・フェスを作れるとは、彼は実際びっくりしてしまったのだった。

お互いに信じ合い、恋し合っている男女が、一遍このポオカアのゲームをしてみるがいい。忍びこんだメフィストの笑いのように、暗い疑惑の戦慄が、男の全身に沁みて行くであろうから。

あの仮面の下の彼女。何んと巧みな白々しい彼女のポオカア・フェス！――橋の向うの彼女を知ろうとする激しい欲望が、嵐のように彼を襲《おそ》ってきたのは、あの晩からであった。もちろん彼女は大勝ちで、マクラメの手提袋の中へ無雑作に紙幣束《さつ》をおし込むと、晴やかに微笑みながら、白い腕をなよなよと彼の首に捲きつけたのだったが、彼は石のように無言のまま、彼女と別れてきたのだった。橋の所まで送って行く気力もなく、川岸へ出る露路の角で別れてしまった。

シイカはちょっと振り返ると、訴えるような暗い眼差しを、ちらっと彼に投げかけたきり、くるりと向うを向いて、だらだらと下った露路の坂を、風に吹かれた秋の落葉のように下りて行った。

……

彼はそっと起き上って蝋燭《ろうそく》をつけた。真直ぐに立上っていく焔を凝視《みつめ》ているうちに、彼の眼の前に、大きな部屋が現れた。氷《こお》ったようなその部屋の中に、シイカと夫と彼らの子とが、何年も何年も口一つきかずに、おのおの憂鬱な眼差しを投げ合って坐っていた。――そうだ、ことによると彼女はもう結婚しているのではないかしら？

すると、今度は暗い露路に面した劇場の楽屋口が、その部屋の情景にかぶさってダブ、、ってきた。——そこをこっそり出てくるシイカの姿が現れた。ぐでんぐでんに酔払った紳士が、彼女を抱えるようにして自動車に乗せる。車はそのままいずれへともなく暗の中に消えて行く。……

彼の頭がだんだんいらだってきた。ちょうど仮装舞踏会のように、自分と踊っている女が、その無表情な仮面の下で、何を考えているのか。もしそっとその仮面を、いきなり外してみたならば、その女の顔の上に、どんな淫蕩《いんとう》な多情が、章魚《たこ》の肢のように揺れていることか。あるいはまた、どんな純情が、夢を見た赤子の唇のようにも無邪気に、蒼白く浮んでいることか。シイカが橋を渡るまでけっして外したことのない仮面が、仄《ほ》の明りの中で、薄気味悪い無表情を示して、ほんのりと浮び上っていた。

彼は絶間ない幻聴に襲われた。幻聴の中では、彼の誠意を嗤《わら》うシイカの蝙蝠《こうもり》のような笑声を聞いた。かと思うと、何か悶々《もんもん》として彼に訴える、清らかな哀音を耳にした。

蝋涙《ろうるい》が彼の心の影を浮べて、この部屋のたった一つの装飾の、銀製の蝋燭立てを伝って、音もなく流れて行った。彼の空想が唇のように乾いてしまったころ、嗚咽《おえつ》がかすかに彼の咽喉《のど》につまってきた。

5

――私は、ただお金持ちの家に生れたというだけの事で、そりゃ不当な侮蔑《ぶべつ》を受けているのよ。私たちが生活の事を考えるのは、もっと貧しい人たちが贅沢の事を考えるのと同じように空想で、必然性がないことなのよ。それに、家名だとか、エチケットだとか、そういう無意義な重荷を打ち壊す、強い意志を育ててくれる、何らの機会も環境も、私たちには与えられていなかったの。私たちが、持て余した一日を退屈と戦いながら、刺繍の針を動かしていることが、どんな消極的な罪悪であるかということを、誰も教えてくれる人なんかありはしない。私たちは自分でさえ迷惑に思っている歪《ゆが》められた幸運のために、あらゆる他から同情を遮られているの。私、別に同情なんかされたくはないけど、ただ不当に憎まれたり、蔑《さげす》まれたりしたくはないわ。

――君の家はそんなにお金持なの?

――ええ、そりゃお金持なのよ。銀行が取付けになるたびに、お父さまの心臓はトラックに積まれた荷物のように飛び上るの。

――ほう。

――この間、いっしょに女学校を出たお友だちに会ったのよ。その方は学校を出るとすぐ、ある社会問題の雑誌にお入りになって、その方で活動してらっしゃるの。私がやっぱりこの話を持ちだしたら、笑いながらこう言うの。自分たちはキリストと違って、すべての人類を救おうとは思っていない。共通な悩みに悩んでいる同志を救うんだ、って。あなた方はあなた方同志で救い合ったらどう？　って。だから、私がそう言ったの。私たちには自分だけを救う力さえありゃしない。そんなら亡んでしまうがいい、ってそう言うのよ、その女《ひと》は。それが自然の法則だ。自分たちは自分たちだけで血みどろだ、って。だから、私が共通な悩みっていえば、人間は、ちょうど地球自身と同じように、この世の中は、階級という大きな公転を続けながら、その中に、父子、兄弟、夫婦、朋友、その他あらゆる無数の私転関係の悩みが悩まれつつ動いて行くのじゃないの、って言うと、そんな小っぽけな悩みなんか踏み越えて行ってしまうんだ。自分たちは小ブルジョア階級のあげる悲鳴なんかに対して、断然感傷的になってはいられない。だけど、あなたにはお友だち甲斐《がい》にいいことを教えてあげるわ。——恋をしなさい。あなた方が恋をすれば、それこそ、あらゆる倦怠と閑暇《ひま》を利用して、清らかに恋し合えるじゃないの。あらゆる悩みなんか、皆んなその中に熔かしこんでしまうようにね。そこへ行くと自分たちは主義の仕事が精力の九割を割《さ》いている。後の一割でしか恋愛に力を別たれない。だから、自分たちは一人の恋人なんかを守り続けてはいられない。それに一人の恋人を守るということは、一つの偶像を作ることだ。一つの概念を作ることだ。それは主義の最大の敵だ。だから、……そんなことを言うのよ。私、何んだか、心のありかが解らないような、頼りない気がしてきて、……

――君はそんなに悩み事があるの？

――私は母が違うの。ほんとのお母さんは私が二つの時に死んでしまったの。

――え？

――私は何んとも思っていないのに、今のお継母《かあ》さんは、私がまだ三つか四つのころ、まだ意識がやっと牛乳の罎《びん》から離れたころから、もう、自分を見る眼つきの中に、限りない憎悪《にくしみ》の光が宿っているって、そう言っては父を困らしたんですって。お継母さんはこう言うのよ。つまり私を生んだ母親が、生前、自分の夫が愛情を感ずるあらゆる女性に対して懐《いだ》いていた憎悪の感情が、私の身体の中に、蒼白い潜在意識となって潜んでいて、それがまだあどけない私の瞳の底に、無意識的に、暗の中の黒猫の眼のように光っているんだ、ってそう言うのよ。私が何かにつけて、物事を僻《ひが》んでいやしないかと、しょっちゅうそれを向うで僻んでいるの。父は継母《はは》に気兼ねして、私の事は何んにも口に出して言わないの。継母は早く私を不幸な結婚に追いやってしまおうとしているの。そしてどんな男が私を一番不幸にするか、それはよく知っているのよ。継母は自分を苦しめた私を、私はちょっともお継母《かあ》さんを苦しめたことなんかありはしないのに、私が自分より幸福になることをひどく嫌がっているらしいの。そんなにまで人間は人間を憎しめるものかしら。……中で、私を一番不幸にしそうなのは、ある銀行家の息子なの。ヴァイオリンが上手で、困ったことに私を愛しているのよ。この間、仲人《なこうど》の人がぜひその男のヴァイオリンを聞けと言って、私に電話口で聞かせるのよ。お継母さんがどうしても聞けって言うんですもの。後でお継母さんが出て、大変けっこうですね、今、娘が大変喜んでおりました、なんて言うの。私その次に会った時、この間の軍隊行進曲《マーチ》はずいぶんよかったわね、ってそ言ってやったわ。ほんとはマスネエの逝く春を惜しむ悲歌《エレジイ》を弾いたんだったけど。皮肉っていや、そりゃ皮肉なのよ、その人は。いつだったかいっしょに芝居へ行こうと思ったら、髭も剃っていないの。そう言ってやったら、すました顔をして、いや一遍剃ったんですが、あなたのお化粧を待っているうちに、また伸びてしまったんですよ。どうも近代の男は、女が他の男のために化粧しているのを、ぽかんとして待っていなければならない義務があるんですからね、まったく、……って、こうなのよ。女を軽蔑することが自慢なんでしょう。軽蔑病にかかっているのよ。何んでも他のものを軽蔑しさえすれば、それで自分が偉くなったような気がするのね。近代の一番悪い世紀病にとっつかれているんだわ。今度会ったら紹介してあげるわね。

――君は、その人と結婚するつもり?

シイカは突然黙ってしまった。

――君は、その男が好きなんじゃないの?

シイカはじっと下唇を噛んでいた。一歩ごとに振動が唇に痛く響いて行った。

――え?

彼が追っかけるように訊いた。

——ええ、好きかもしれないわ。あなたは私たちの結婚式に何を送ってくださること？

突然彼女がポロポロと涙を零《こぼ》した。

彼の突き詰めた空想の糸が、そこでぽつりと切れてしまい、彼女の姿はまた、橋の向うの靄の中に消えてしまった。彼の頭の中には疑心と憂鬱と焦慮《しょうりょ》と情熱が、まるでコクテイル・シエークのように攪《か》き廻された。彼は何をしでかすか解らない自分に、監視の眼を見張りだした。

川沿いの並木道が長く続いていた。二人の別れる橋の灯が、遠く靄の中に霞んでいた。街灯の光りを浴びた蒼白いシイカのポオカア・フェスが、かすかに微笑んだ。

——今日の話は皆んな嘘よ。私のお父さんはお金持でもなければ何んでもないの。私はほんとは女優なの。

——女優？

——まあ、驚いたの。嘘よ。私は女優じゃないわ。女が瞬間に考えついたすばらしい無邪気な空想を、いちいちほんとに頭に刻みこんでいたら、あなたは今に狂人になってしまってよ。

——僕はもう狂人です。こら、このとおり。

彼はそう言いながら、クルリと振り向いて、女と反対の方へどんどん、後ろも見ずに駈けだして行ってしまった。

シイカはそれをしばらく見送ってから、深い溜息をして、無表情な顔を懶《ものう》げに立てなおすと、憂鬱詩人レナウのついた一本の杖のように、とぼとぼと橋の方へ向って歩きだした。

彼女の唇をかすかに漏れてくる吐息とともに、落葉を踏む跫音《あしおと》のように、……

君は幸《さち》あふれ、
われは、なみだあふる。

6

いつもの果物屋で、彼がもう三十分も待ち呆けを喰わされていた時、電話が彼にかかってきた。

——あなた？　ごめんなさい。私、今日はそっちへ行けないのよ。……どうかしたの？

——いいえ。

——だって黙ってしまって、……怒ってるの？

——今日の君の声はなんて冷たいのかしら。

——だって、雪が電線に重たく積っているんですもの。

——どこにいるの、今？

——帝劇にいるの。あなた、いらっしゃらないこと？　……この間話したあの人といっしょなのよ。

紹介してあげるわ。……今晩はチャイコフスキイよ。オニエギン、……

――オニエギン？

――ええ。……来ない？

――行きます。

その時彼は電話をとおして、低い男の笑声を聞いた。彼は受話器をかけるといきなり帽子を握った。頬っぺたをはたかれたハルレキンのような顔をして、彼は頭の中の積木細工が、不意に崩れて行くかすかな音を聞いた。

街には雪が蒼白く積っていた。街を長く走っている電線に、無数の感情がこんがらかって軋《きし》んで行く気味の悪い響が、この人通りの少い裏通りに轟々《ごうごう》と響いていた。彼は耳を掩《おお》うように深く外套の襟を立てて、前屈《まえかが》みに跄踉《ある》いて行った。眼筋が働きを止めてしまった視界の中に、重なり合った男の足跡、女の足跡。ここにも感情が縺《もつ》れ合ったまま、冷えきった燃えさしのように棄てられてあった。

いきなり街が明るく光りだした。劇場の飾灯が、雪解けの靄《もや》に七色の虹を反射させていた。入口にシイカの顔が微笑んでいた。鶸色《ひわいろ》の紋織の羽織に、鶴の模様が一面に絞《しぼ》り染めになっていた。彼女の後ろに身長《せい》の高い紳士が、エチケットの本のように、淑《しと》やかに立っていた。

二階の正面に三人は並んで腰をかけた。シイカを真中に。……彼はまた頭の中の積木細工を一生懸命で積み始めた。

幕が開いた。チァイコフスキイの朗《ほが》らかに憂鬱な曲が、静かにオーケストラ・ボックスを漏れてきた。指揮者のバトンが彼の胸をコトン、コトン！と叩いた。

舞台一面の雪である。その中にたった二つの黒い点、オニエギンとレンスキイが、真黒な二羽の鴉《からす》のように、不吉な嘴《くちばし》を向き合せていた。

彼は万年筆をとりだすと、プログラムの端へ急いで書きつけた。

(失礼ですが、あなたはシイカをほんとに愛しておいでですか?)

プログラムはそっと対手《あいて》の男の手に渡された。男はちょっと顔を近寄せて、すかすようにしてそれを読んでから、同じように万年筆をとりだした。

(シイカは愛されないことが愛されたことなのです。)

——まあ、何？　二人で何を陰謀をたくらんでいるの？

シイカがクツクツと笑った。プログラムは彼女の膝の上を右へ左へ動いた。

(そんな無意義なパラドックスで僕を愚弄《ぐろう》しないでください。僕は奮慨しているんですよ。)

(僕の方がよっぽど奮慨してるんですよ。)

(あなたはシイカを幸福にしてやれると思ってますか。)

（シイカを幸福にできるのは、僕でもなければ、またあなたでもありません。幸福は彼女のそばへ近づくと皆んな仮面を冠ってしまうのです。）

（あなたからシイカの事を説明していただくのは、お断りしたいと思うのですが。）

（あなたもまた、彼女を愛している一人なのですか。）

――うるさいわよ。

シイカがいきなりプログラムを丸めてしまった。舞台の上では轟然たる一発の銃声。レンスキイの身体が枯木のように雪の中に倒れ伏した。

――立て！

いきなり彼が呶鳴った。対手の男はぎくとして、筋を引いた蛙の肢のように立上った。シイカはオペラグラスを膝の上に落した。彼はいきなり男の腰を力任《ま》かせに突いた。男の身体はゆらゆらと蹌踉《よろ》めいたと思ったら、そのまま欄干を越えて、どさりと一階の客席の真中に墜落してしまった。わーっ！　という叫び声。一時に立上る観客の頭、無数の瞳が上を見上げた。舞台では、今死んだはずのレンスキイがむっくりと飛び上った。音楽がはたと止った。客席のシャンドリエに灯火が入った。叫び声！

シャンドリエの光が大きく彼の眼の中で揺れ始めた。いきなり力強い腕が彼の肩を掴んだ。ピントの外れた彼の瞳の中に、真蒼なシイカの顔が浮んでいた。広く瞠《みひら》いた瞳の中から、彼女の感情が皆んな消えて行ってしまったように、無表情な彼女の顔。白々しい仮面のような彼女の顔。――彼はただ、彼女が、今、観客席の床の上に一箇所の斑点のように、圧しつぶされてしまったあの男に対して、何んらの感情も持ってはいなかったことを知った。そして、彼女のために人を殺したこの自分に対して、憎悪さえも感じていない彼女を見た。

7

街路樹の新芽が眼に見えて青くなり、都会の空に香《かぐ》わしい春の匂いが漂ってきた。松の花粉を浴びた女学生の一群が、ゆえもなく興奮しきって、大きな邸宅の塀の下を、明るく笑いながら帰って行った。もう春だわね、と言ってそのうちの一人が、ダルクローズのように思いきって両手を上げ、深呼吸をした拍子に、空中に幾万となく数知れず浮游していた蚊を、鼻の中に吸いこんでしまった。彼女は顰《しか》め面《つら》をして鼻を鳴らし始めた。明るい陽差しが、軒に出された風露草《グラニヤ》の植木鉢に、恵み多い光りの箭《や》をそそいでいた。

取調べは二月ほどかかった。スプリング・スーツに着更えた予審判事は、彼の犯行に特種の興味を感じていたので、今朝も早くから、友人の若い医学士といっしょに、ごく懇談的な自由な取調べや、智能調査、精神鑑定を行った。以下に書きつけられた会話筆記は、その中から適宜《てきぎ》に取りだした断片的の覚書である。


問。被告は感情に何かひどい刺戟《しげき》を受けたことはないか？

答。橋の向うの彼女を知ろうとする激しい慾求が、日夜私の感情をいらだたせていました。

問。それを知ったら、被告は幸福になれると確信していたのか？

答。かえって不幸になるに違いないと思っていました。

問。人間は自分を不幸にすることのために、努力するものではないと思うが。

答。不確実の幸福は確実な不幸より、もっと不幸であろうと思います。

問。被告の知っている範囲で、その女はどんな性格を持っていたか？

答。巧みなポオカア・フェスができる女でした。だが、それは意識的な悪意から来るのではないのです。彼女は瞬間以外の自分の性格、生活に対しては、何んらの実在性を感じないのです。彼女は自分の唇の紅がついたハンケチさえ、私の手もとに残すことを恐れていました。だから、彼女がすばらしい嘘をつくとしても、それは彼女自身にとっては確実なイメエヂなのです。彼女が自分を女優だと言う時、事実彼女は、どこかの舞台の上で、華やかな花束に囲まれたことがあるのです。令嬢だと言えば、彼女は寝床も上げたことのない懶《ものう》い良家の子女なのです。それが彼女の強い主観なのです。

問。そう解っていれば、被告は何もいらいら彼女を探ることはなかったのではないか。

答。人間は他人の主観の中に、けっして安息していられるものではありません。あらゆる事実に冷ややかな客観性を与えたがるものなのです。太陽が地球の廻りを巡っている事実だけでは満足しないのです。自分の眼を飛行機に乗せたがるのです。

問。その女は、被告のいわゆる橋の向うの彼女について、多く語ったことがあるか？

答。よく喋《しゃべ》ることもあります。ですが、それは今言ったとおり、おそらくはその瞬間に彼女の空想に映じた、限りない嘘言の連りだったと思います。もしこっちから推理的に質問を続けて行けば、彼女はすぐと、水を離れた貝のように口を噤《つぐ》んでしまうのです。一時間でも二時間でも、まるで彼女は、鍵のかかった抽斗《ひきだし》のように黙りこんでいるのです。

問。そんな時、被告はどんな態度をとるのか？

答。黙って爪を剪《き》っていたり、百人一首の歌を一つ一つ想いだしてみたり、……それに私は工場のような女が嫌いなのです。

問。被告は自分自身の精神状態について、異常を認めるような気のしたことはないか？

答。私を狂人だと思う人があったなら、その人は、ガリレオを罵《ののし》ったピザの学徒のような譏《そし》りを受けるでしょう。

問。被告は、女が被告以外の男を愛している事実にぶつかって、それで激したのか。

答。反対です。私は彼女が何人の恋人を持とうと、何人の男に失恋を感じようと、そんなことはかまいません。なぜならば彼女が私と会っている瞬間、彼女はいつも私を愛していたのですから。そして、瞬間以外の彼女は、彼女にとって実在しないのですから。ただ、彼女が愛している男ではなく、彼女を愛している男が、私以外にあるということが、堪えられない心の重荷なのです。

問。被告が突き落した男が、彼女を愛していたということは、どうして解ったか？

答。それは、彼がちょうど私と同じように、私が彼女を愛しているかどうかを気にしたからです。

問。彼女の貞操観念に対して被告はどういう解釈を下すか。

答。もし彼女が貞操を守るとしたら、それは善悪の批判からではなく、一種の潔癖、買いたてのハンケチを汚すまいとする気持からなのです。持っているものを壊すまいとする慾望からです。彼女にとって、貞操は一つの切子硝子《カットグラス》の菓子皿なのです。何んかの拍子に、ひょっと落して破《わ》ってしまえば、もうその破片に対して何んの未練もないのです。……それに彼女は、精神と肉体を完全に遊離する術《すべ》を知っています。だから、たとえ彼女が、私はあなたのものよ、と言ったところで、それが彼女の純情だとは言えないのです。彼女は最も嫌悪する男に、たやすく身を任せたかもしれません。そしてまた、最も愛する男と無人島にいて、清らかな交際を続けて行くかもしれません。

問。判決が下れば、監獄は橋の向うにあるのだが、被告は控訴する口実を考えているか？

答。私は喜んで橋を渡って行きましょう。私はそこで静かに観音経を読みましょう。それから、心行くまで、シイカの幻を愛し続けましょう。

問。何か願い事はないか?

答。彼女に私の形見として、私の部屋にある鳩の籠を渡してやってください。それから、彼女に早くお嫁に行くようにすすめてください。彼女の幸福を遮《さえぎ》る者があったなら、私は脱獄をして、何人でも人殺しをしてやると、そう言っていたことを伝えてください。

問。もし何年かの後、出獄してきて、そして街でひょっこり、彼女が仇し男の子供を連れているのに出遇ったら、被告はどうするか。

答。私はその時、ウォタア・ロオリイ卿のように叮嚀《ていねい》にお辞儀をしようと思います。それから、しゃっ、と、こ、立ちをして街を歩いてやろうかと思っています。

問。被告のその気持は諦めという思想なのか。

答。いいえ違います。私は彼女をまだ初恋のように恋しています。彼女は私のたった一人の恋人です。外国の話しにこんなのがあります。二人の相愛の恋人が、山登りをして、女が足を滑らせ、底知れぬ氷河の割目に落ちこんでしまったのです。男は無限の憂愁と誠意を黒い衣に包んで、その氷河の尽きる山の麓の寒村に、小屋を立てて、一生をそこで暮したということです。氷河は一日三尺くらいの速力で、目に見えず流れているのだそうです。男がそこに、昔のままの十八の少女の姿をした彼女を発見するまでには、少なくも三四十年の永い歳月が要るのです。その間、女の幻を懐いて、嵐の夜もじっと山合いの小屋の中に、彼女を待ち続けたというのです。たとえシイカが、百人の恋人を港のように巡りつつ、愛する術を忘れた寂寥を忘れに、この人生の氷河の下を流れて行っても、私はいつまでもいつまでも、彼女のために最後の食卓を用意して、秋の落葉が窓を叩く、落漠たる孤独の小屋に、彼女をあてもなく待ち続けて行きましょう。

それから若い医学士は、被告の意識、学力、記憶力、聯想観念、注意力、判断力、感情興奮性等に関して、いろいろ細かい精神鑑定を行った。

女を一番愛した男は？　ショペンハウエル。Mの字のつく世界的音楽家は？　ムゥソルグスキイ、モツァルト、宮城道雄。断髪の美点は？　風吹けば動的美を表す。寝沈まった都会の夜を見ると何を聯想するか？　ある時は、鳴り止まったピアノを。ある時は、秋の空に、無数につるんでいる赤蜻蛉《あかとんぼ》を。等々、……

8

シイカは川岸へ出るいつもの露路の坂を、ひとり下って行った。空には星が冷やかな無関心を象徴していた。彼女にはあの坂の向うの空に光っている北斗七星が、ああやって、いつものとおりの形を持していることが不自然だった。自分の身に今、これだけの気持の変化が起っているのに天体が昨日と同じ永劫《えいごう》の運行を続け、人生がまた同じ歩みを歩んで行くことが、なぜか彼女にとって、ひどく排他的な意地悪るさを感じさせた。彼女は今、自分が残してきた巷《ちまた》の上に、どんよりと感じられる都会のどよめきへ、ほのかな意識を移していた。

だが、彼女の気持に変化を与え、彼女を憂愁の闇でとざしてしまった事実というのは、劇場の二階から突き落されて、一枚の熊の毛皮のように圧しつぶされてしまった、あのヴァイオリンを弾く銀行家の息子ではなかった。また、彼女のために、殺人まで犯した男の純情でもなかった。では？

……

彼女が籠に入れられた一羽の伝書鳩を受け取り、彼に、さよなら、とつめたい一語を残してあのガランとした裁判所の入口から出てきた時、ホテルへ向うアスファルトの舗道を、音もなく走って行った一台のダイアナであった。行き過ぎなりに、チラと見た男の顔。幸福を盛ったアラバスタアの盃のように輝かしく、角《つの》かくしをした美しい花嫁を側に坐らせて。……

彼女の行いがどうであろうと、彼女の食慾がどうであろうと、けっして汚されはしない、たった一つの想い出が、暗い霧の中に遠ざかって行く哀愁であった。

心を唱う最後の歌を、せめて、自分を知らない誰かに聞いてもらいたい慾望が、彼女のか弱い肉体の中に、生を繋ぐただ一本の銀の糸となって、シイカは小脇に抱えた籠の中の鳩に、優しい瞳を落したのだった。

9

一台の馬車が、朗かな朝の中を走って行った。中には彼ともう一人、女優のように華手《はで》なシャルムーズを着た女が坐っていた。馬車は大きな音を立てながら、橋を渡って揺れて行った。彼の心は奇妙と明るかった。橋の袂に立っている花売の少女が、不思議そうな顔をして、このおかしな馬車を見送っていた。チュウリップとフリイヂヤの匂いが、緑色の春の陽差しに溶けこんで、金網を張った小いさな窓から、爽かに流れこんできた。

何もかもこれでいい。自分は一人の女を恋している。それでいい。それだけでいい。橋の向うへ行ったとて、この金網の小窓からは、何がいったい見られよう。……

三階建の洋館が平屋の連りに変って行った。空地がそここに見えだした。花園、並木、灰色の道。――たった一つのこの路が、長く長く馬車の行方に続いていた。その涯の所に突然大きな建物が、解らないものの中で一番解らないものの象徴のように、巍然《ぎぜん》として聳《そび》えていた。彼はそれを監獄だと信じていた。

やがて馬車は入口に近づいた。だが、門の表札には刑務所という字は見つからなかった。同乗の女がいきなり大声に笑いだした。年老った門番の老人が、悲しそうな顔をして、静かに門を開けた。錆びついた鉄の掛金がギイと鳴った。老人はやはりこの建物の中で、花瓶にさした一輪の椿《つばき》の花のように死んでしまった自分の娘の事を考えていた。男の手紙を枕の下に入れたまま、老人が臨終の枕頭へ行くと、とろんとした暗い瞳を動かして、その手を握り、男の名前を呼び続けながら死んで行った、まだ年若い彼のたった一人の娘の事を。最後に呼んだ名前が、親の自分の名ではなく、見も知らない男の名前だった悲しい事実を考えていた。

10

シイカは朝起きると、縁側へ出てぼんやりと空を眺めた。彼女はそれから、小筥《こばこ》の中からそっと取りだした一枚の紙片を、鳩の足に結《ゆわ》えつけると、庭へ出て、一度強く鳩を胸に抱き締《し》めながら、頬をつけてから手を離した。鳩は一遍グルリと空に環を描き、今度はきゅうに南の方へ向って、糸の切れた紙鳶《たこ》のように飛んで行った。

シイカは蓋《ふた》を開けられた鳥籠を見た。彼女の春がそこから逃げて行ってしまったのを感じた。彼女は青葉を固く噛《か》みしめながら、芝生の上に身を投げだしてしまった。彼女の瞳が涙よりも濡れて、明るい太陽が彼女の睫毛《まつげ》に、可憐な虹を描いていた。

新聞社の屋根でたった一人、紫色の仕事着を着た給仕の少女が、襟にさし忘れた縫針の先でぼんやり欄干《らんかん》を突っつきながら、お嫁入だとか、電気局だとかいうことを考えていた。見下した都会の底に、いろいろの形をした建物が、海の底の貝殻のように光っていた。

無数の伝書鳩の群れが、澄みきった青空の下に大きく環を描いて、新聞社の建物の上を散歩していた。そのたびに黒い影が窓硝子をかすめて行った。少女はふと、その群から離れて、一羽の鳩が、すぐ側の欄干にとまっているのを見つけた。可愛い嘴《くちばし》を時々開き、真丸な目をぱちぱちさせながら、じっとそこにとまっていた。あすこの群の方へははいらずに、まるで永い間里へやられていた里子のように、一羽しょんぼりと離れている様子が、少女には何か愛くるしく可憐《いじら》しかった。彼女が近づいて行っても、鳩は逃げようともせずにじっとしていた。少女はふとその足のところに結えつけられている紙片に気がついた。

11

四月になったら、ふっくらと広い寝台を据《す》え、黒い、九官鳥の籠を吊《つる》そうと思っています。私は、寝台の上に腹這い、頬杖をつきながら、鳥に言葉を教えこもうとおもうのです。

君は幸あふれ、

われは、なみだあふる。

もしも彼女が、嘴の重みで、のめりそうになるほど嘲笑しても、私は、もう一度言いなおそう。

さいはひは、あふるべきところにあふれ、
なみだ、また――

それでもガラガラわらったら、私はいっそあの皺枯れ声に、

あたしゃね、おっかさんがね、
お嫁入りにやるんだとさ、

と、おぼえさせようとおもっています。

12

明るい街を、碧《あお》い眼をした三人の尼さんが、真白の帽子、黒の法衣《ほうえ》の裾をつまみ、黒い洋傘《こうもり》を日傘の代りにさして、ゆっくりと歩いて行った。穏やかな会話が微風《そよかぜ》のように彼女たちの唇を漏れてきた。

――もう春ですわね。

――ほんとに。春になると、私はいつも故国《くに》の景色を想いだします。この異国に来てからもう七度の春が巡ってきました。

――どこの国も同んなじですわね、世界じゅう。

――私の妹も、もう長い裾の洋服を着せられたことでしょう。

――カスタニイの並木路を、母とよく歩いて行ったものです。

――神様が、妹に、立派な恋人をお授《さず》けくださいますように!

――Amen!

――Amen!

(11に挿入した句章は作者F・Oの承諾による)

下頭橋由来

吉川英治

十八になるお次《つぎ》が、ひとつの嫁入りの資格にと、巣鴨村《すがもむら》まで千蔭流の稽古《けいこ》に通い始めてから、もう二年にもなる。

その間ずうっと、彼女は家を出るたび帯の間へ、穴のあいた寛永通宝を一枚ずつ、入れて行くのを忘れた日はなかった。

「あんな、張合いのある乞食ってないもの――」

と、自分の心へ言い訳する程、彼女はそれを怠らなかった。

河原から憐《あわ》れっぽい眼を上げ、街道の旅人へ、毎日、必死に頭を下げているお菰《こも》の岩公《いわこう》が、自分の姿を仮橋の上に見ると待っていたように百遍もお辞儀をする。

「――あんな一生懸命なお辞儀って、誰だってしやしないもの」

と、それを受けるのも、楽しみだった。

きょうも、石神井川《しゃくじいがわ》にかかって、

(岩公、いる?)

と、お次は、下を覗《のぞ》いた。

一ぺんも言葉こそ交わしたことはないが、きょうは岩公が何か欣《よろこ》んでいるか、考えているか、体の具合がいいか悪いか、お次にはよく分った。

（あ。お嬢様）

岩公も、大家《たいけ》の娘へ、声をかけては悪いと思うのか、眼で、眸で、お辞儀だけで、もうその姿へ呼びかけた。

ぽちゃん、と仮橋の下で、小さな水音がした。

「あら」

あわてて、お次の手は、髪へ行った。泣きたい顔になった。

銀の釵《かんざし》が沈んでゆく。

嫁入りまで、挿《さ》してはいけないと、母にいわれたのを——

沼尻の川なので、浅そうに透《す》き徹《とお》っては見えるけれど、底泥土《そこどろ》がやわらかで、仮橋から墜ちた子供などが、何人もそこでは死んでいた。

怨めしげに、水を見ていた。

でも、仕方がないと、諦《あきら》めたように、お次が悄々《しおしお》と立ち去ってゆくと、河原にいたお菰の岩公は、泥土の中へ、そろそろと入って行った。

「おお深けえ」

底は辷《すべ》る。

いくらでも、脚が入る。

でも岩公は、やめなかった。腰から胸までへ、泥だらけの蓮根掘《れんこんぼ》りみたいに、釵を探した。

「ねえってことはねえ。ねえってことはねえ」

独りでぶつぶつ言いながら、日が暮れるのも知らなかった。

紫木綿《むらさきもめん》の包みを胸に、稽古を終えて帰って来たお次は、星明りの水に、獺《かわうそ》みたいな人影が、ざぶざぶ動いているので、

「おや、誰?」

と、眼をまるくして、

「——岩公じゃないの。何してるの」

「不思議だ。ねえ筈はねえ」

「何が」

「お嬢様の」

「あら。おまえ私の釵を探していてくれるのかえ。そんなら、もうよしておくれ。風邪をひくよ、寒いのに」

お次が、しきりに止めたので、岩公はむっそりと河原へ上がった。

「——有難うね」

初めて口をきいたのだった。

仮橋をこえて、振りかえると、岩公が薄暗い河原で、大きな嚔《くさめ》をしていた。

翌る日、お次はまたそこへ来て、

「まあ岩公、まだ探してるの」

と、吃驚《びっくり》した。

「ねえ筈はねえもの」

岩公は、同じことを答えた。

三日目も四日目も真っ黒になって、泥土の中を脚や手で探っている彼を見た。お次は、街道の旅人や、土地の人にも、きまりが悪くなって、

「頼むから、もう止めてね」

と、いった。

岩公は、やめなかった。

「ねえ筈はねえ」

と、いった。

「後生だから、止してよ。止さなければ、私、もう明日《あした》からここを通らないから」

そういって、脅《おど》かすと、やっと次の日は、飯櫃《いいびつ》を前において、岩公は河原に坐っていた。

慾でやっていたのか。

でなければ、少し抜けているのか。

お次は何だか、岩公に少し嫌な気がさしてきた。

もうそんな事も忘れて、冬を越した。春は、大根の花が咲く。

練馬といえば大根の産地なので、殊《こと》さら、沢庵《たくあん》漬問屋とは呼ばない。樽屋という旧家だった。彼女はそこの娘だった。

石神井川の仮橋は、豪雨があるとすぐ流された。

また、半町ばかり、新しい仮橋は、位置が変った。お次はこの頃、橋の下を見ないことにしていたが、その日、

「お嬢さん。ありましたぜっ」

と、ふいに河原から声をかけられて、吃驚した。

釵《かんざし》を持って、岩公が駈け上がって来た。

「ま」

「あったよ。あったよ」

お次は、眼が熱くなった。

彼女へそれを渡すと、岩公は、満足そうに河原へ降りて行った。飯櫃の前に坐って、もう後へ来

る旅人の影へ、頭を下げていた。

漬物倉

根からの乞食でもあるまいに、
土地の者は、岩公を理解するに苦しんだが、この頃では彼の姿が見えない日は、みんなして、

「どうしたのか、病気じゃないか」

と、心配する程だった。

なぜなら、岩公がこの土地に流れて来てから、泥棒や火事がなくなった。また、石神井川《しゃくじい》へ墜ちた子や子守を、四度も救っていた。また、汚い物は人が寝ている間に、河原へ運んで焼いてくれるし、後はきれいに箒目《ほうきめ》が立っていた。

「変な男だ。だが可愛い奴だ」

と、練馬板橋の人々は、余る食べ物があると、河原のかまぼこ小屋へ、やりに行った。

この土地へ流れて来てからも、十二、三年になる。酒を飲むふうもなし、女が欲しそうな顔でもない。年もまだ三十四、五だろう。身体も満足なら顔だちも人並だった。背が小っちゃくって、丸顔で、笑うと愛嬌さえある。

村の悪童たちは、

「岩ンベ。岩ンベ」

と、石をぶつけたり、上から小便をひっかけたりした。岩公は笑ってるだけだった。ここは、甲州の裏街道なので、旅人もよく通る。岩公が一心に頭を下げるのを見ると、

「一文は安い」

と、よく合羽の袖から、鐚銭《びたせん》が投げられた。

午《ひる》まえの稼ぎを数えて、岩公は、藁《わら》を穴に貫《とお》していた。それから飯櫃のめしを食べ、首をのばして川の水を啜《すす》った。

陽炎《かげろう》が立って、眠くなるような昼だった。仮橋の上に、旅支度の武士が、じっと下を見ていたが、

「はてな」

と、呟《つぶや》いた。

岩公は、仰向いて、

「がぼ、がぼ、がぼ……」

と、口の中で水を鳴らしていた。

いきなり、羽織を脱ぎ捨てた武士は、

「おのれっ、佐太郎だなっ」

と、上から呶鳴った。

「げっ」

岩公の口から、水が、ぴゅっと走った。

「うぬ、よくも多年、姿を晦《くら》ましおったな。勝負をしろっ」

河原へ、飛び降りた。

反対に、岩公は、上へ逃げ上がった。まるで転がるように、迅《はや》かった。

「卑怯者っ」

武士もつづいて、飛び上がった。しかし、街道にはもう人影が見えなかった。

草鞋《わらじ》に白い埃《ほこり》を立て、

「亭主っ、今この前を、乞食が逃げて行ったか」

と、居酒屋の前で、息を弾《はず》ませた。

「なに、通らん。――すると、畜生」

引っ返して、横道へ走った。葭簀茶屋《よしずぢゃや》を目がけて、

「ちょっと、物を訊くが」

「え」

休んでいた町人達が、

「何です、お武家さん」

「今、そこの河原から逃げ上がった若い乞食、どっちへ行ったか知るまいか」

「知りませんね」

「はてな」

と、茶屋の裏へ廻って、

「あっ向うだっ」

と、仮橋の板を踏み鳴らして、どんどん駈け出した。大根畑の白い花をちらして、岩公の逃げてゆくのが、遥《はる》かに見えた。

「おういっ。佐太郎」

武士は、二度も転んだ。

「貴様も武家の飯を食った男でないか。卑怯な奴。待てっ」

だが、岩公は、振向きもしなかった。練馬の部落へ逃げ込んだ。

水車が止まる。あっちこっちで、鶏の群れが、けたたましい叫びをあげ、翼を搏《う》った。

「臆病者ッ、人非人めっ。返せっ、待てっ、弟の敵《かたき》だ、妹の」

呶鳴りながら、旅の武士は、目や鼻をひっつらせて、泣いていた。そこへ持って来て満面の汗と埃《ほこり》が、凄い形相を彩《いろど》っている。

旧家らしい土蔵つづき、そこの母屋の前庭へ、向う見ずに駈け込んだのである。どこかで一度、斬りつけたとみえ、右には抜刀《ぬきみ》をさげていた。

樽屋《たるや》の家族は、お次の婚礼が近いので南縁に縫《ぬ》い物《もの》をひろげていたが、

「きゃっ」

と、逃げ惑って、

「あれっ、誰か来て――っ」

と、叫んだ。

漬物蔵から、向う鉢巻の若い者が大勢駈け出して来た。

「やいっ武士《さんぴん》、うぬあ気狂いか」

と、武士を支えた。

「狂人ではないっ、拙者は小田原の大久保加賀守の家来、岡本半助という者。今そこの漬物蔵へ逃げ込んだは、隣家の秋山家にいた若党の佐太郎という者。……あ、水を一杯くれ」

「水だとよ。贅沢《ぜいたく》をいってやがら」

「忝《かたじけな》い――。話が、前後したが、それはもう十三年も前だ、若党の佐太郎めに騙《たば》かられて、拙者の妹八重は家出した。それを連れ戻そうとして、追って行った拙者の弟は、佐太郎めに討たれ、妹は、前非を恥じて、自害いたした」

「へえ？」

「弟妹《きょうだい》二人の敵《かたき》、佐太郎めを、以来尋ね廻ること十年あまり。それを、見つけたのだ。――この床下へ隠れ込んだ乞食めが、昔の若党佐太郎に相違ない。各〻、恐れ入るが、ここへ潜《もぐ》って、追い出して下されい」

誰も、返辞をしなかった。

お次は、老母のうしろに、白い顔をして、戦《おのの》きながら聞いていた。

「たのむ。武士がこうして――」と、見苦しい程、昂奮してる岡本半助は、膝の下まで手を下げて、

「お情けじゃ、追い出して下され」

でも、みんな、黙然としていた。

「御承知なくば、やむを得ん、拙者自身で入る程に、無作法、おゆるし願いたい」

「あ……」

お次は思わず伸びあがった。

すると、若いのが、

「おっと、待ちねえ」

「なんじゃ、何で止める」

「あのお菰《こも》は、村の者はよく知ってるがそんな悪人じゃねえ。敵《かたき》なんか討ったってつまらねえ話だ。

堪忍《かんにん》してやんねえ」

「黙れっ、町人とはちがう。また佐太郎が悪人でないと、何を証拠に」

「だって、どう考えたって。――なアおい」

「よし、其方《そのほう》どもが拒むなら、彼奴《きゃっ》が、這い出して来るまで、ここに頑張っておるぞ」

「それや、勝手だ」

武士は、そこにあった竹竿に目をつけ、蔵の中へ、突っ込んで、掻き廻した。

「佐太郎っ、出て来い。もはや、汝の天命は尽きたのだ。いさぎよく、半助に討たれろ」

若い者たちが、舌打ちして、

「やかましいや」

と、竹竿を引《ひ》ッ奪《た》くった。

「敵《かたき》を討つのが、武士《さむらい》の商売なら、こちとらにも、稼《かせ》がざ飯にならねえ商売があるんだ。邪魔だから、退《の》いてくれ」

わざと漬物樽を幾つも転がして半助を追い退けた。

半助は、歯がみをしたが、どうも出来なかった。ここから近い川越藩《かわごえ》へ行って、仇討免状を示し、正当な手続きをとれば、捕えられぬこともないが、その間に佐太郎を逃がされると、何にもならない。

「ううむ、根《こん》くらべだ。彼奴《きゃっ》も、食わずにはおられまい」

半助は、蔵のまわりを歩き出した。五日でも、十日でも、こうしているぞというように、唇を噛んでいた。

大根月夜

ぴた、ぴた、と半助の跫音《あしおと》が、夜半《よなか》でも外に聞えた。

「お次、そなたは、こんな果報が、嬉しゅうないのか」

と、樽屋《たるや》三右衛門は、父として嫁入り近い彼女の沈んでいることが、気懸りでもあり、不足でもあった。

島台《しまだい》、紅白の縮緬《ちりめん》、柳樽《やなぎだる》、座敷は彼女の祝い物で一杯だった。家族たちは、毎晩のように、忙《せわ》しげに、夜を更《ふ》かした。

「いいえ」

お次は笑ってみせた。

でも、靨《えくぼ》に何となく陰があった。

「まだ、何か不足があるのか」

「勿体ない」

「あるなら、言うがよい。……なんだ……なんだお前、泣いてるじゃないか」

「だって、あたし、可哀そうでならないんですもの。こんな倖せな私にくらべて」

「誰が。アア後に残る祖母《ばあ》さんの事か」

「いえ、あの……岩公が」

「何をいうかと思えば、お菰の岩公を。はははは、おかしな奴じゃ、なるほど、岩公もふびんだが為《な》した罪業《ざいごう》、悪因悪果じゃ。あのお武家の熱い根気にも、わしは感じた。もう今夜で、三日三晩、ああしてござる」

「嫌な人ですね」

「お武家として、立派な事だ。でも、若い奴らは、頑《がん》として意地張ったまま、岩公を渡さぬようだが、もう輿入《こしい》れも近いのに迷惑千万、あしたは、わしが若い者を説いて、渡してやろうと、思うているのじゃ」

「お父さんの情なしっ」

と、お次は、袂《たもと》で父を打つ真似して、

「嫌です、私は嫌」と、かぶりを振った。

泣いているのである。三右衛門は、単純な処女《おとめ》の感傷とおかしく眺めていたが、果てしのない彼女の涙に、

「なぜ、そんなに」

と、少しきつい眼で咎《とが》めた。

「でも、私は何だか。——お父様、後生ですから、助けてやって」

「そうは行かない。お武家様が、見張っているものを」

「けれど、こうなれば……」と、お次は、一心になって考えたような智慧を、父の膝に甘えて囁《ささや》いた。

「庄吉をよべ」

しばらくすると、彼の居間で、手が鳴った。若い者の庄吉は、主人の三右衛門と何か密々《ひそひそ》と話し込んでいたが、翌朝になると、向う鉢巻をした十人ばかりの男達と一緒に、

「それ、積んだ、積んだ」

と、蔵から二十樽ほどの、沢庵漬を転がし出した。

「届け先は、日本橋の大丸だぜ」

大八車へ、それを積むと、縄をかけて、勢いよく曳き出したのである。お次は、心配そうに、窓から見ていた。

「さすがのお武家も気がつかない。どうじゃこれでよかろう」

「え」

にこと、淋しく頷《うなず》いた。

窓からその顔が消えると、じっと、蔵の蔭に立っていた岡本半助は、道をかえて、外へ駈け出していた。そして、乾いた街道を、白い埃につつまれて行く荷車の後から、

「敵《かたき》っ、佐太郎待てっ」

と呶鳴った。

きらっと、陽の光をかすめた刀の白さを見ると、若い者たちは、

「来やがった」

と、叫んで、われ勝ちに、避《さ》けた。

大八車の梶が、どんと前に落ちた弾みに、半助の刃が、樽の縄を、めちゃめちゃに切った。山に積んだその上から、一つの空き樽が真っ先に落ちた。

ころころと、生き物みたいに、樽が先へ出た。そして、ぽんと蓋《ふた》が脱《と》れると、その中から、糠《ぬか》だらけになった岩公が、飛び出した。

「このッ――」

がつんと妙な音が聞えた。

畑に潜《もぐ》って見ていた若い者たちが、思わずわっと言った時は、そこが真っ赤になってもう岩公の首が見当らなかった。

右に血刀と、左の手に、生々しい首を引っ掴んで、岡本半助は、気が狂ったように、畑の中の裸

街道を一目散に駈け出していた。げらげらと笑ってゆく声が、茫然と見ていた若い者たちの耳に残った。

「岩公が殺された。岩公が――」

と、村の者が、真っ黒に集まって来た。そして、口をきわめて侍を罵《ののし》った。

首のない死骸が河原のかまぼこ小屋へ、運ばれた。ここで通夜をしてやろうと、いう者も出て来た。

すると、小屋の中を、掻き廻していた男が大変なものを見つけた。造り酒屋で糟《かす》を絞るのに使う真っ黒な麻の袋だ。それに、岩公がきょうまで、頭を下げて稼いだ金が、ほとんど、一文も費《つか》ってないように、串《くし》にして、いっぱいに詰っていた。

かぞえてみると、ひどいもので、七十四両と若干《なにがし》になっていた。そして、袋のうえには、なるほど、武家奉公もしたらしい見事な書体で、
下頭億万遍一罪消業《げとうおくまんべんざいしょうごう》
と、書いてあった。

その他《ほか》には、何にもない。

代官所の認可《ゆるし》を得て、村では、それから間もなく七十余両の鐚銭《びたせん》で街道安全の橋普請《はしぶしん》に取りかかった。

×　×　×

月が美しかった。

大根の花だの、菜の花だの。

畑の中を提灯《ちょうちん》がたくさん並んで、江戸の下町へ嫁《とつ》いでゆくお次の輿《こし》がゆられて来た。

「おじさん、ちょっと止めて」

石神井川の上だった。

普請なかばの仮橋の上に、お次は、駕をとめさせた。紋付袴《もんつきはかま》の叔父だの伯母だのに囲まれながら、大根の花の村を、じっと見ていた。

「――別れじゃもの」

と、伯母も、媒人《なこうど》も、駕のうしろでそっと眼をふいた。

（岩公、左様なら……）

晴れの黒髪から、銀の釵《かんざし》を抜き取って川の中へ、そっと落した。――細い月の光が、キラキラと沈んで行った。

悪人の娘

野村胡堂

一

「お願いで御座いますが……………」

　振り返って見ると、同じ欄干にもたれた、乞食体《こじきてい》の中年の男、鳴海《なるみ》司郎の顔を下から見上げて、こう丁寧に申します。

　春の夜の厩橋《うまやばし》の上、更けたという程ではありませんが、妙に人足が疎《まば》らで、風体《ふうてい》の悪い人間に声をかけられると、ツイぞっとするような心淋しい晩です。

　見ると、人品骨格満更《まんざら》の乞食とも思えませんが、お釜帽の穴のあいたのを目深《まぶか》に、念入のボロを引っかけて、片足は鼠色《ねずみいろ》になった繃帯《ほうたい》で包み、本当の片輪かどうかはわかりませんが、怪《あや》し気《げ》な松葉杖などを突っ張って居ります。

　時も時、場所も場所、「煙草《たばこ》をくれ」か、精々「電車賃をくれ」ぐらい、よくある術《て》だと思い乍《なが》ら、鳴海司郎はかくしへ手を入れて、軽くなった財布を引出そうとすると、

「イエイエ、お金を頂き度《た》いと申すのでは御座いません。お願いですから私の傍から少し離れて、向うの方を向いたまま、私と全く関係の無いような様子で、私の申すことを聞いて頂き度いのです」

　乞食《こじき》にしては言葉が上品で、それに言う事がヒドク変って居ります。好奇心の旺《さか》んな若い男でもなければこんな突飛な申出を、素直に聴かれるものではありませんが、鳴海司郎、幸にして年も若く、

その上独り者で金こそありませんが、好奇心ならフンダンに持ち合せて居ります。社会的地位と申しますと、学校を出たての、一番下っ端の会社員で、相手が乞食《こじき》だろうが泥棒だろうが、少しも驚くことではありません。言われる通り、二三歩遠退《とおの》いて、灯《ともしび》の疎《まば》らな本所《ほんじょ》の河岸《かし》の方を向いたまま、

「サア、これでよかろう」

相手になってやるぞと言わぬばかりに、後を促します。

「失礼な事を申し上げてすみませんが……何を隠しましょう、私は今重大な敵に監視されて居りますので、正面《まとも》にお話をして、貴方《あなた》に御迷惑があるといけないと思ったので御座います。こうして居る内にも、どこに、どんな眼があって、私共を見張って居るかわかりません」

段々気味の悪いことを申しますが、その代り、この男は本当の乞食《こじき》でない事だけは確かです。乞食《こじき》にしては言葉が知識的で、髯こそ茫々《ぼうぼう》と生えて居りますが、物越し態度何処《どこ》となく、贅沢《ぜいたく》に育った社交的な人間らしいところがあります。

「実は」

乞食《こじき》は言い憎《にく》そうに言葉を淀ませます。

「もう少しすると、この橋へ一人の娘がやって参ります。その娘の上に、どうかしたら、思いもよらぬ災難が降りかかるのではないかと、どうも心配でたまりません」

「例えば、どんな事が？……」

「身を投げるとか――悪者共に襲われるとか――」

「それがわかって居ながら、なぜお前が保護をしてやらないのだ」

当然の事を一本、鳴海司郎が問い返しますと、乞食《こじき》は非常にあわてた様子で、

「そ、それが今申し上げたような事情で、私は飛出して助けるどころか、顔を見せることさえ出来ないのです」

「オイオイいい加減にしないか、こう見えても僕は酔ってはいないんだぜ、からかうなら、もう少しお小遣のある時にしてもらおうじゃないか。第一、いくら呑気《のんき》な人間でも、身投があるかも知れないてんで、橋の上にマゴマゴして居る奴は無いよ、僕が身投と間違えられるか、お巡りさんにとがめられるのが精々だろう、嘘だと思うなら橋詰の交番で聞いて見るがいい」

鳴海の言葉を聞いて、乞食体《こじきてい》の男はホッと溜息をもらしました。

「御尤《もっと》もで御座います、通りすがりの方に、それも、こんな風体の宜《よろ》しくない私が申したんでは、御信用のないのも決して無理は御座いません。……けれども、私は先刻《さっき》から、私のような者の言うことを無条件で信用して、差し迫った娘の危難を救って下さるような正直な方が、一人位はあるだろうと、神仏かけて探して居るので御座います。それも、私の空頼みで御座いましょう、いたし方が御座いません」

「お前は泣いて居るじゃないか、そうまでいうなら、満更嘘でもあるまい。が、あまり執拗《しつこ》く疑っ

ては気の毒だが、何んかこう、そんな娘が確かに来るという、証拠のようなものでも無いかネ」

「宜しゅう御座います、証拠と申す程のものでも御座いませんが、私の申すことは、決して出《で》たら目《め》でないという所だけをお目にかけましょう。私が立去った後、数で二三十数えたら、私の立って居た場所を御覧下さい、宜しゅう御座いますか、サア、一ツ二ツ三ツ、四ツ――五ツ――」

乞食体《こじきてい》の男は側を離れた様子、数を読む声は段々遠くなって行きます。いい加減を見計らって、と振り返ると、二三歩を距てた橋板の上に、夜目にもほの白いものが一枚、小石の重りを載せて、ヒラヒラと川風に吹かれて居ります。

取り上げて遠い灯《あかり》にすかして見ると、これは、まぎれもない紫色の百円紙幣、しかも、偽造や模造ではなく、あまり古びもつかぬ、正直正銘の百円紙幣です。

百円というと、今の世の中では大金と申すほどではありませんが、大学を出たばかりの鳴海司郎から見ると、月給に貰うとおつりを出さなければならぬ位い、乞食《こじき》の懐から出て、橋板の上へ置かれるような生優しい額ではありません。

「これは容易ならぬ事らしいぞ」

鳴海司郎厩橋の仮橋の上に立って、思わず斯《こ》う独り言を申しました。

二

「旦那、それを返して下さい」

　暗闇から出た遊び人風の男、頤《あご》をグイとしゃくって、懐から手首を出します。

「何、何んだ」

「ヘッヘッへ、お隠しなすっちゃいけません、橋の上から拾った、紫色の模様のある紙片《かみきれ》、それが入用なんで……」

　ハンティングを冠った蝙蝠安《こうもりやす》という恰好、薄寒そうな双子の素袷《あわせ》、三尺を前下りに、麻裏を突っかけた、それにしても、恐ろしく安直な悪党《わる》、眼だけは不思議にギョロリと光ります。

「馬鹿をいえ」

「何が馬鹿だい、そいつは乞食《こじき》の金じゃねエんだ、猫ババを極《き》めこむと唯じゃすまねエぞ、サア悪いことはいわない、素直に返しな」

　懐から出た手首が延びて、鳴海司郎の鼻の先を、からかったようにスーッと撫でます。

「何をするコラッ」

　挑戦的な相手の様子に、思わず身を引いて構を直そうとする時遅く、無頼漢《ごろつき》の左の手は、袖の下からスッと動いて、鳴海司郎の右手に持った百円紙幣を攫《さら》ったと思うと、物をも言わずに足を返して、蔵前の方へサッと。

「アッ、泥、泥棒！」

後を追ったところで、どうにもなりません、相手は恐ろしい早足、橋詰まで来て見ると何処《どこ》へ行ったか影も形もありません。

――百円札に未練が無いではありませんが、手間取って居る内に、乞食《こじき》に頼まれた娘とやらが、橋の上に現われるかも知れず、元々自分の金ではないと思うせいか、鳴海司郎あまり執着もせずに、そのまま踵《きびす》を返して、元の橋の上に戻りました。

それから何時間経ったでしょう、水の黒さが身にしむばかり、人足も大分途絶えて、名物の空《から》っ風《かぜ》、花を散らした名残《なご》りを吹いて、サッと橋の上の砂塵《さじん》を吹きあげる頃でした。

と、下谷《したや》の方から一人の娘、ゴム草履《ぞうり》の刻み足、四方《あたり》に気を配る風情《ふぜい》で、橋の上へかかりましたが、一わたりその辺を見廻すと、そのまま細々と肩を狭めて、鳴海の側をスーッと通ります。

仮橋の欄干に裸電灯があるにしても、元より申わけばかりの疎《うと》い光り、通りすがりの人の顔が、よくは見える筈もありません。がその時鳴海司郎の見た娘の顔ばかりは、夜の闇も包み切れなかったのでしょう、真に輝くばかりの美しさでした。

「これは容易でない」

もう一度つぶやき乍ら、鳴海の足は思わず娘の後を追って居りました。

西から東へ、東から西へと、二三回、娘は橋の上を往復しました。五間ばかりの間隔を置いて、鳴海司郎が絶えずあとをつけて居ることは、一向気が付いた様子もありません。

闇に吸い込まれるように、一つ一つ街の灯が消えると、橋の上も次第に淋しくなるばかりです。この上一人の娘と、その後をつける若い男とが、橋の上を往復していたら、橋詰のお巡りさんも気が付かずには居ないでしょう。いい加減にして、娘へ声をかけて見ようかしら、……鳴海司郎は、丁度そんな事を考えて居る矢先でした。

何時《いつ》の間にやら橋の中程に立った娘、暫《しば》らく魅入られるように、川面《かわも》を差しのぞいて居りましたが、やがて、ゾッとしたように身を引くと、自分の肩を深々と掻き抱いて、しょんぼり其処《そこ》に立ち尽して居ります。

それも併《しか》し、ほんの暫らくの事でした、も一度欄干の上に、今度は二枚の袖を重ねて、つくづく夜の水に見入って居りましたが、いきなり、履いて居る紅緒《べにお》の草履《ぞうり》を脱ぐと、上半身を凭《もた》れ加減に乗り出して、大川の黒の水の上へスルスルと落込もうとします。

「アッ待った」

鳴海司郎思わず声をあげて飛び付きました。

三

身投を助ける手順は、くだくだしく申すまでもありません。

相手が生活苦にしいたげられた老人とか、ヒステリーの婦人などと違って生活意識の強い若々しい娘だけに、止められれば止められたなり、素直に止《よ》してくれたのは仕合せでしたが、その代り、どんなに問い訊《ただ》しても、「どうして死ぬ気になったか」一言も漏しません。

「私はこの通り腰弁《こしべん》で、大した事は出来ませんが、お金ですむ事なら、八所借《やところが》りをしても間に合せましょう――そんな事ではありませんか？」

というと、

「イイエ」

子供らしくかぶりを、かぶりをさえ振ります。

「力なら智恵よりは沢山《たくさん》持ち合せて居ますが、まさか力づくですむような事では無いでしょうネ……」

「イイエ、そんな事では御座いません」

「では矢張《やは》り、気に入らぬ縁談事という様な――」

「イエイエ」

さすがに赤い顔をした様ですが、猛烈に頭《かぶり》を振るところを見ると、年頃の娘らしい、色恋というわけでも無いようです。

「どうぞ、何んにも聴かずに置いて下さい、私も……もう……死ぬ気になどはなりませんから」

そう言うのが精一杯、灯《ひ》に背《そむ》いた美しい睫毛《まつげ》に、真珠のような涙さえ宿して居ります。

何時《いつ》までも橋の上に居るわけには行きませんので、娘を促して、下谷の方へたどり乍ら、いろいろ問いただして見ましたが、死ぬ気になった原因は愚か、自分の名前も、家も、何にも明かしてはくれません。

そのくせ、別に鳴海司郎を怖がってるわけでも、嫌ってるわけでも無いようです。

「これは容易ならん事件らしいぞ」

乞食《こじき》の予言が、あまり見事に当った事などを思い合せて、鳴海司郎はもう一度斯うつぶやいたのです。

街の光で見直すと、趣味の高い家庭に育った娘らしく、地味な束髪に結って、クリーム色の美しい肌には、白粉《おしろい》の気が微塵《みじん》もなく、つくろわぬ眉毛、切れの長い眼《め》、象牙《ぞうげ》彫のような美しい鼻筋、唇のキリリとした、年の頃十九、二十才《はたち》、何んとなく智的な感じのする、そのくせ、滅法可愛らしいところのある娘です。メリンスらしい少し地味過ぎる服装も、なんとなく清純な趣を添えて、この娘の品位を、いやが上にも高めて居ります。

「有難う御座いました、もう、ここまでで宜しゅう御座います」

不意に立ち止って、娘はこう申しました。下谷竹町《たけちょう》のとある路地の奥、何を考えるともなく、娘に導かれて、ツイこんな所まで来てしまったのです。

「ここがお宅ですか」

「イエ、婆やの家です」

叩く下から気軽に戸を開けたのは、五十がらみの肥った女。

「マア、お嬢様じゃございませんか、こんな時分にまあまあどうなすったので御座います、お伴《つ》れの方は――」

思いもよらぬ若い男に、乳母《うば》は気を廻してプツリと言葉を切ります。

「お嬢さんを確《しか》とお渡ししましたよ、間違があるといけませんから、よく気を付けて下さい、今晩も、厩橋の上から飛びこむところを、漸《よう》やくお助けして、ここまでお伴《つ》れしたんです、わかりましたか」

「エッ、それではあの、お嬢様が身投げをなさろうと――」

「あれ、そんな大きい声を出して、御近所へ聞えますよ」

「お嬢様、そんなにまで、マア――親旦那様があんな事を遊ばして」

何やら言うのを、娘は無理に手を取って奥へ引こんでしまいました。

あの人の好さそうな乳母《うば》に聴いたら、詳しい事情がわかるだろうと思いましたが、この上愚図愚図《ぐずぐず》して居ると、恩を売るようで面白くありません。

明日又何んかの方法で探って見よう。

僅《わずか》にそう思いあきらめて、鳴海司郎は自分の下宿の方へ帰って行きました。

四

乞食《こじき》の予言、百円札、無頼漢《ならずもの》、渦のように巻き起った前夜の不思議な事件は、平板無味な鳴海司郎の腰弁生活に、一脈の赤い焔を点ずるものでした。

特にあの身を投げようとまでした、美しい娘、わざと命の親の鳴海を、竹町の乳母の家に案内して、自分の家も名前も隠し了《おお》せた不思議な賢こい娘。——あの涙を宿した、黒瑪瑙《めのう》のような美しい眼《め》は、鳴海司郎の記憶に、消すことも忘れることも出来ないほど、念入に焼き付けられてしまいました。

翌日は幸い日曜、桜は散ったが、散歩には申分のない時候です。いつもですと、郊外線に乗りこんで、青いものの見えるところへスッ飛び度くなる陽気ですが、今日はそんな気にもなれません、軽い合服《あいふく》に、鼠のソフト、細いステッキを小脇に、竹町の昨夜の家へフラリとやって来たのは、お昼一寸《ちょっと》廻った時分でした。

見ると恐ろしい不景気な駄菓子屋、埃の中に、石ころのような怪し気な商品を並べて、昨夜の肥った老女が、店番ともなく、奥でお仕事をして居る様子です。

「お早う」

声をかけると、

「オヤまあ、昨夜はどうも有難う御座いました、お蔭様でお嬢様が助かりました相《そう》で、あとで承って、本当にびっくりいたしました。ツイフラフラと死に度くなったんだ相で御座いますよ、お可哀相な御身分で……、矢張りあの、夜分遅く橋の上などへ入《い》らっしゃるもので、死神とやらに取っ付かれなすったので御座いましょう……」

立て続けにしゃべり捲《まく》られて、鳴海司郎口をきく事も出来ません。漸く言葉の切れ目を見付けて、

「それはそうとお嬢さんは何処《どこ》かへ出られたのですか」

「一寸《ちょっと》用事が御座いまして、宿と一緒につい先刻《さっき》お出かけになりました」

「行先は？」

「サアそれが私には一向解りませんので御座いますよ」

無駄は際限もなく言うくせに、用事となると皆目見当が付きません。

「あの娘さんは、身分のある方のようですが、一体どこの何んという方なんです」

これならと思うところを、さり気なく聞きましたが、乳母の表情は急に堅くなって、

「……折角《せっかく》で御座いますが……それぱかりは申上げられません、それぱかりは……」

恐ろしい饒舌《おしゃべり》に似ず、急に田螺《たにし》のように黙りこんでしまいます。この上聴いたところで、もう大した収穫もありそうにも思われません。

いい加減にして切り上げると、足はもう厩橋の方に向いて居ります。昨夜《ゆうべ》の今日で、何んか変った事にあり付けるかも知れないと思う予感が、鳴海の胸をワクワクさせます。

厩橋の橋詰には、昨夜の乞食《こじき》がもうウロウロして居ります、この辺をお貰いの縄張りにして居るのでしょう。暫らく電柱の蔭や、店の日覆の下などに隠れて、様子を見て居ると、鳴海の気のせいか、何んとなくソワソワして、往来の人に恵を乞う様子などは少しもありません。

尤も、百円札を惜し気もなく投げ出す程の乞食《こじき》ですから、一銭二銭の合力を乞う方が反《かえ》って不思議かも知れません。財布も気も軽い鳴海は、フトそんな事を考えて、苦笑を漏らしました。

暫らく経つと乞食は、店先の時計でも見比べて居るのでしょう、門並その辺の商家を覗いて居りましたが、何に驚いたか、急に松葉杖を鳴らして、本所の方へ、橋の上を急ぎます。

鳴海は見え隠れに、その後をつけたことは申すまでもありません。が、橋を渡って右へ、横網《よこあみ》辺から二つ三つ路地を曲ると、乞食《こじき》の姿は、フッと掻き消す如く見えなくなってしまいました。

「これはいけない」

舌打を一つ、足音を忍ばせて、盲滅法に歩き廻ると、大きい空倉庫らしいバラックに突き当ります。ぐるりと一《ひ》と廻り、出たのはバアと言ったように元の場所。

気が付くと何処《どこ》からともなくボソボソと囁やく人声。思わず四方《あたり》を見廻すと、右手の塀に大穴があって、中腰に覗くと向うの空地が、手に取るように見えます。

空倉庫と塀と川とに挟まった、不正形の空地はなるほど白昼の密会に持って来いの場所です。話して居るのは、今まで後をつけて来た不思議な乞食《こじき》と、もう一人は、身投をしようとした美しい娘です。

「お父様、昨夜《ゆうべ》はどうなすったのですか、お手紙の通りの時間に、仰《おっ》しゃった場所へ行っても、お父様はお見えにならないんですもの、私はもう何も彼《か》も駄目になったのではないかと思って」

乞食と娘は果して親子？　満更予期しない事ではありませんでしたが、鳴海司郎思わず息をのんで聞耳立てて ました。

「知って居るよ、お前はがっかりして、あの欄干から身を投げようとしたじゃないか」

「エッ、ではお父様はあれを御覧になって居らしったのですか」

「あの欄干の外の板囲いの蔭に、私は隠れて居たのだよ。出て行き度い事は山々だったが、あの時私は、恐ろしい眼《め》に前後から見張られて、身動きすることも出来なかったのだ。……お前が心配の余りどんな事をするかも知れないと思ったので、正直そうな若い男に頼んで、お前の危いところを助けさせたのだよ」

「お父様？」

「おれは何も彼も知って居る……何んだって又お前は、あんな馬鹿な心持になったのだ」

「お父様」

美しい娘は、汚い乞食姿《こじき》の父親にすがり付いて、声を飲んで咽《むせ》び泣きます。

「ネ、あんな不心得な考を起さずに、少し位の事は我慢して、なぜ駒形の別荘にじっとして居ないのだ、……もう二三日すると、私は旅券を手に入れることになって居る。旅券さえ手に入れれば、一度台湾か、満州へ行って、そこを足がかりに、南米へ落ち延びるのは何んでもない。南米へ行って落付いたら、直《す》ぐ信用の出来る人を迎いに立てて、お前を呼び寄せると堅く言って置いたじゃないか。あれほど噛んで含めるように言ったのに、どうしてお前はわからないのだ。いくらお前でも、たった半年か、精々一年の辛抱が出来ないという筈は無い……駒形の別荘は、お前の名義になって居るから、世間では誰もお前の身許などを知りはしない、それが嫌なら、竹町の婆やの所へ行って居てもいい、たった半年か一年……」

美しい娘の肩に手を置いて、汚らしい乞食《こじき》の諄々《じゅんじゅん》として語る様子は、何んという奇観でしょう。二人の心持が、突き詰めた真剣なものであるらしいにもかかわらず、鳴海司郎は、映画の或情景《シーン》を見て居る心持にさえなるのでした。

五

「お父様、お父様、仰《おっ》しゃる事はよくわかりました。けれども、お父様はどうして南米なんかへ行らっしゃらなければならないのでしょう？　――どうしてお父様は、名乗って出て、罰せられるだけ罰せられ、なさるだけの事をなさる気におなりにならないのでしょう？　お父様、そんな逃げ隠れするお心持にならずに、どうぞ、多勢《おおぜい》のために、名乗って出るお心持になって下さい。正しい道をさえ歩いて居れば、私はお父様と一緒に、あの橋の袖に坐っても、少しも辛いとは思いません……亡くなったお母様も見て居て下さいます。こうして、肩身を狭く、逃げたり隠れたりして暮す位なら、私は本当に乞食《こじき》になっても、少しも悲しいとも辛いとも思いはしません。お父様！」

　降りそそぐ涙に、娘は身も浮くばかり、汚らしい父親の膝へ、胸へ、犇々《ひしひし》と取り縋《すが》ります。

　真昼の陽《ひ》は、この不思議な情景をまざまざと照し出して、聞えるものと言っては、近く波の音、遠く大都のどよみ、それも妙に身にしみて、場所柄にも無い異様な静けさが胸を打ちます。

「馬、馬鹿な事を言え、今更そんな気の弱い事でどうするんだ、この乞食《こじき》姿をそのまま、長い一生が送られるものでは無い、この父は南米へ行って、王侯のような生活をするために、暫らくこんな酔興な様子をして居るのだ。馬鹿な事を言って、折角の計画の腰を折らしてはいけない」

「イエイエお父様、王侯とやらの生活も、私は少しも羨ましいとは思いません。多勢の人達の怨みを解いて、少しでも心安い日を送ったら私は日本で乞食《こじき》をしても」

「馬鹿な事を言え、もう八分通り出来上った仕事だ、アッ」

乞食はハッとした様子で、四方《あたり》に眼を配りましたが、

「誰か来たようだ、お前はもう帰れ。用事のある時は竹町へ手紙を出す、わかったか、気丈夫に待って居るんだぞ、もう二度と死ぬような気を起すな、いいか、サア帰れ」

娘を引き立てるように、一方の路地へ送りこみ、暫らく打しおれた後姿を見送って居りましたが、何に驚いたか、ハッとした様子で、反対の方の抜け道へ身を跳《おど》らせます。

「どっこい待った」

その面前へ、大手を広げて立ちはだかったのは、昨夜鳴海の手から、百円紙幣を巻き上げた無頼漢《ならずもの》風の男、

「ヘエヘエ、御免下さい、そちらへ参ります」

「どこへ行くかは知らないが、たって此処《ここ》を通り度きゃ税金を出して行きねエ」

「エッ」

「驚くことは無いよ、二三日続け様に引っ叩《ぱた》かれてスッカラカンさ、大きな面をしていて百もねエんだ、沢山とは言わねエ、ほんの少しばかり貰い溜めを貸してくれ」

鳴海司郎呆れ返ってしまいました。白昼東京の真ん中で、乞食《こじき》を強請《ゆす》る奴があろうとは思いもよ

らなかったのです。

「親分、御冗談仰《おっ》しゃっちゃいけません、私は御覧の通りの乞食《こじき》で、人様の袖にすがって、一銭二銭の合力を頂き、それで漸く露命を繫いで居る、情ねエ身の上なんで」

「ハッハッハッハッハ、その乞食《こじき》を承知で元手を借りようてんだ、天道様はお前の懐まで見通しさ、四の五の言わずに、綺麗に裸になりねエ」

「冗談なすっちゃいけません、親分、お助け」

逃げ廻るのを追っかけて、あわや懐へ手、

「ワッ」

と松葉杖を振り上げて、繃帯を巻いた足がシャンとなると、乞食の顔には、思いもよらぬ殺気が漲《みなぎ》ります。

「オウ皆んな、手を貸せ」

「合点」

無頼漢《ならずもの》の声に応じて、同じ様な風体のよくないのが、バラバラと三四人、何処《どこ》へ潜んで居たか、一遍に飛出します。

形勢不利と見た乞食《こじき》は、自分の懐へ手が入ると、金貨、銀貨、大小紙幣を一と掴み、二《ふ》た掴み、木の葉のようにサッとバラ撒いて、

「勝手に拾え」

　捨ぜりふを後に、何処《いずこ》ともなく姿を隠してしまいました。

「オイいい加減にしろよ、肝腎の玉はずらかったじゃ無えか」

「エッ」

「エッじゃないよ、そんなものに夢中になっちゃいけねえ」

「なる程、これはしくじった」

　かき集めた金銀貨紙幣の小山を前に、三四人の子分共は暫らくは顔見合せて立って居ります。

「だがネ、あいつの穴は大概当りが付いたよ」

「ヘエ、どの辺でげすかい」

「お前達はあいつの繃帯で巻いた方の足を見なかったかい」

　親分らしいのが、こう申します。

「繃帯の足へでも隠してあるんで?」

「そんな馬鹿な話じゃねエ、あの繃帯の足に、セメントの粉が付いて居たのを見たかてんだ。繃帯の足ばかりじゃ無い、あの若布《わかめ》のようなボロも、よく見ると恐ろしいセメントだ。ネ読めたろう、こりゃ何んだぜ、長い間この辺から吾妻《あずま》橋へかけて探したのは大間違で、あいつの穴というのは、浅野セメントの近所、清洲橋《きよすばし》からあまり遠くない所にあるに相違ねエと睨んだがどうだい」

無頼漢《ならずもの》の親分の眼は、ハンティングの下でピカリと光ります。

「なるほど、違《ちげ》えねエ」

これが普通の場合だと横手を打つところですが、何に揮《はばか》ったか、子分共は互に顔を見合せてしんみり感嘆します。

「サア、思い立ったら早い方がいい、あいつだって、軍用金が無くなりゃ、直ぐにも穴へ行くに極って居るんだ。これからすぐ出かけて行って、セメントの粉をかぶって居るほどの、石という石、材木という材木、小屋でも物置でも、しらみ潰しに探して見よう」

六

あくる日鳴海司郎が、会社の仕事を片付けて大川端へ駆け付けたのは、もう五時過ぎ、遅々たる春の日も、夕靄の中に沈もうとして居る時分でした。

浅野セメントの近所、河岸《かし》ぶちを見廻して歩くと、なるほど、あらゆる石垣、材木、橋も倉庫も、かなり丁寧に調べられたようですが、不思議なことに、それが一つも置換えられても、掘り起されもしては居りません。

「穴とやらが見付からないのかな」

と思いながら、新大橋へ来ると、川蒸気の発着所に居るのが、昨日の無頼漢《ならずもの》の一団です。セメントに汚れた、がっかりした顔を見ると、探検の不成功に終ったのは明かです。

その内に蒸気が来ると、互に眼顔《めがお》で話し合って、子分共は岸に踏み止り、親分だけ一人船に乗り込みました。鳴海司郎、何《ど》うしたものかと一寸《ちょっと》迷いましたが、三四人の子分よりは、たった一人の親分の方が重要らしいと思いましたので、直ぐ後から飛乗って、そしらぬ顔で、親分の動静を見守ることにしました。

やがて川蒸気は、両国から駒形橋を経て、暮れかかった川面《かわも》を、その頃改築中の厩橋の下にかかりました。

疲れた頭を夕風に吹かれようというのか、無頼漢《ならずもの》の親分は、出口の段々を登って低い屋根の上へ半分身体《からだ》を出して居りましたが、仮橋が見えると、何を考えたか、機械体操の要領で、サッと川蒸気の屋根の上へ飛乗りました。

鳴海はすぐ側に居たので、その一挙一動が実によく解ります。混雑した川蒸気の中、乗り合の衆は、二十銭で八冊売る月遅れの雑誌屋の口上に聞取れて、無頼漢《ならずもの》風の男が蒸気の屋根に飛乗った事などには気が付きません。

夕霞は音もなく川面《かわも》をこめてその辺はもうたそがれの色が濃《こまや》かになって居ります。日暮れを合図に終航にする川蒸気の事ですから、これが多分最終船と言うのでしょう、続け様にトボケた汽笛を

鳴らして、低い仮橋の橋桁の下へ入ると、
屋根の上の無頼漢《ならずもの》の身体《からだ》は、一寸屈《ちょっとこご》んだと思うと、ピンと跳ねて、頭の上の橋桁へサッと飛付きます。実に間髪を入れざる恐ろしい放れ業《わざ》。

と見る間もなく、蒸気は仮橋の下をくぐって、ゆるやかな曲線を描き乍ら、厩橋の発着所に着いて居ります。

これを見て居た鳴海は、鉄砲丸《てっぽうだま》のように川蒸気を飛出しました。一足飛に段々を登って大廻りに橋の上に出ると、橋桁の下から這い上った茫々たる頭の持主、もう欄干に手をかけて、上へ飛上ろうとして居ります。

「鳴海さん、その乞食《こじき》を捕えて下さい」

橋の下から続いてもう一人、それはいうまでもなく、蒸気の屋根から飛付いた無頼漢《ならずもの》です。

思いもよらぬ自分の名を呼ばれて、ハッと驚いた鳴海、見るともう欄干を超えた乞食《こじき》は、身を跳《おど》らして浅草の方へ逃げ出そうとして居ります。捕えようか、放って置こうか、鳴海は一瞬間迷うともなく躊躇《ためら》う暇に、

「あれ、お父様、逃げないで……どうぞ、このまま、このまま、縛られて下さい」

何処《どこ》から現われたか美しい娘、乞食《こじき》姿の父に取りすがって必死に争って居ります。

「放せ、こら、土岐子《ときこ》、放せ」

「お父様ど、どうぞ、逃げないで」

娘の声は涙に咽んで、あやしくかき消されますが、織手は蔓草《つるくさ》のように父親の身体《からだ》に縋《すが》り付いて、死ぬまでもと争い続けて居ります。

「権堂《ごんどう》、未練だぞ娘の手で縛られろ、せめてもの罪亡しだ！」

凛《りん》として叱咤《しった》の声。

振り返ると、あの無残な無頼漢《ならずもの》が、ハンティングをかなぐり捨てて、父娘相争う不思議な情景をじっと見詰めて居ります。

これは又何んたる変りようでしょう、蝙蝠《こうもり》安を今様にしたような、安直な悪党が、双子縞の素袷に前下りの三尺帯のままながら、威風四方《あたり》を払って、別人のように颯爽《さっそう》として居ります。

「ハッ恐れ入りました」

権堂と呼ばれた乞食体《こじきてい》の男は、橋の上へ、ヘタヘタと坐ると、その上へ美しい娘の土岐子は、崩折《くずお》れた芙蓉《ふよう》の花のように、気を喪《うしな》って倒れてしまいました。

もう橋の上は野次馬で一パイ。

「コラコラ立っちゃいかん」

制止の警官が来ると無頼漢《ならずもの》風の男はそれを小傍《こわき》へ呼んで、

「これは予々《かねがね》捜索して居た、拐帯《かいたい》犯人の権堂賛之助です、本署へ電話をかけて護送の手続をして下さい」

「エッ、あの貯金魔の？」

警官が驚いたのも無理はありません。詐欺《さぎ》貯金で数百万円の金を細民から絞り取った上、その経営して居る会社が破綻《はたん》と見るや、幾十万人の怨みと嘆きを後に、回収の出来るだけの現金有価証券、併《あわ》せて百万円余を取りこんで、そのまま姿を隠した有名な貯金魔だったのです。

「そう言うあなたは？」

警官の問に答えて、

「花房《はなぶさ》一郎といいます」

「あッ」

これが、――この冷酷無残の無頼漢《ならずもの》が、――名探偵花房一郎とは思いもよりません、さすがの警官も驚きましたが、鳴海司郎の驚きは又一倍です。

折から駆け付けた部下の私服に言い付けて、もう一度橋の下を探させると、間もなく、かなりの大トランクを一つ担ぎ上げます。

「そのトランクには、現金と有価証券で百万円以上入って居るだろう、それは、血の涙で権堂を怨んで居る、何十万の預金者達に分けてやる大事な金だ、気をつけて本署へ運んでくれたまえ」

するだけの事をして了《しま》った花房一郎、静かに司郎を顧みて、こう言います。

「鳴海さん、お驚きになるには及びません、あなたの名前や身許は、昨夜の内に調べさせて置いたのですよ、あなたは、大事な証人ですから、この娘を介抱して、後から円タクか何んかで警視庁へ入《い》らして下さい、宜しいでしょうネ」

風体に似ぬ穏かな言葉が何んとなく人なつかしい心持さえ起させます。

七

名探偵花房一郎は、一件が解決してから、鳴海司郎にこう話して聴かせました。

「何んでもありませんよ、権堂が百万円の大金を拐帯して、海外へ高飛しようとして居る事がわかったので、早速吾妻橋から両国橋の間を警戒して居たのです。それには訳があります。留守宅の娘のところへ時々差出人不明の手紙が舞い込みますが、それが極ったように、浅草から投函されて居るのです。それに、駒形には娘名義の別荘があって、百万円入のトランクを一時そこへ匿《かく》して置いた事もわかって居りますから、駒形を中心に、吾妻橋から両国の間に居るに相違ないと睨んだわけです。

警戒は厳重を極めて居ますし、顔も知れ渡って居ますから、身一つなら知らず、あれだけの大トランクを持って、ノコノコ歩かれるものではありません。それに権堂の身になれば、命に代えても、あの大トランクは離されないのです。

私は無頼漢《ならずもの》に姿を変えて、あの辺を警戒して居ると、すぐ乞食《こじき》姿に身をやつした権堂を見付けましたが、困った事に、百万円入の大トランクを、何処《どこ》に隠して居るか容易にわかりません。あんな大きい拐帯犯人は、身体《からだ》ばかり捕えるのはウソで、知らぬ存ぜぬでおっ通した上、何年か後、刑をすませてから、そっと隠して置いた大金を取り出して、費《つか》わないものでもありません。そんな例は、これまでも数え切れない程沢山あるのです。

で、暫らくは、知って知らぬ顔で、権堂の身体《からだ》を放し飼いに、トランクの在所《ありか》を探して居りました。貴方《あなた》が権堂から貰った百円札を横合から出て捲き上げたのは、貴方《あなた》に万一の間違をさせまい為の私の老婆心でした。あの金は細民の膏血《こうけつ》を絞った因縁のある金で、一銭と雖《いえ》ども無駄には出来ないのです。せめて元金の何割でも何分でも、出来るだけ多く、気の毒な預金者達に返してやらなければならなかったのです。

横網で私と部下の者が権堂を襲ったのも、持って居る不正の金を全部取り上げる為でしたが、もう一つは権堂が、一銭も身についた金が無くなると、キッと金を隠した場所へ取出しに出かけるに相違ないと思ったからです。権堂は悪い奴に相違ありませんが、乞食《こじき》の方は本当の新米で、人から物を貰う勇気がないから、金が無くなると一日も生きて行けないのでした。

セメントの粉では全く騙《だま》されましたよ。あれは権堂が私等を外へおびき出す欺術《トリック》です、イヤもう大笑い……。

浅野セメントの近所をしらべて、何んにもないのでがっかりして帰って来ると、橋桁にチラリと太い縄が一本見えたのです。あんな所に縄があるわけはありません、人間が居て、落ちないように身体を縛って居るか、でなければ、かなり大きい荷物を橋桁の上へ隠してあるに相違ありません。

もし権堂が居るとすれば、橋の上から廻っては、反対側へ抜けて逃げられてしまいます。そんな事は百方研究し尽して居るでしょうから、うっかり手が出せません。そうで無いまでも、手が廻ったと知ったら、百万円入のトランクを、自棄《やけ》半分川へ投げこまないものでもありません。突嗟《とっさ》に思案を定《き》めて、川蒸気の屋根から橋の下へ飛付いたのはそうしたわけです。

何にしても、百万円入のトランクを無事に手に入れたのは幸せでした。あれで、権堂に騙《だま》されて、虎の子を捲き上げられた数十万の預金者達も、少しは潤おうことになるでしょう、それに比べると、権堂を捕えたのは、ホンの景物です、捕えようと思えば、もう十日も前に捕えられたんですから……。

併し土岐子とか言うあの娘は感心ですね、あの心掛に愛《め》でて、私の報告書がどんなに緩和されたことでしょう？　あんな悪党に、あんな立派な娘が生れるというのも、神様の深い思召《おぼしめし》でしょう。さすがの権堂も、娘の美しい心掛に我を折って、近頃は未決監ですっかり改心して居るということです。出来ることなら、あの娘を世話して上げて下さい、貯金魔の娘というので、世間では相手にしないでしょうが、貴方《あなた》だけは、あの娘の人並優れた美しい心栄《ば》えを御存じの筈です。……エ？　もう世話をして入《い》らっしゃるんですか、それは気が早い、花房一郎も、その道へかけると一向に鈍感でしてネ、ハッハッハハ」

（註、本編は十七八年前厩橋がまだ仮橋であった時代に書いたものだが、書き改める迄《まで》もないことと思ってそのまま発表することにした）

橋の上

犬田卯

GAME PANIC
国土交通省
Ministry of Land, Infrastructure and Transport
東京国道事務所
万世橋出張所
Tokyo National Highway Office
Manseibashi Branch
17

一

「渡れ圭太！」

「早く渡るんだ、臆病奴！」

　K川に架けられた長い橋――半ば朽ちてぐらぐらするその欄干を、圭太は渡らせられようとしていた。――

　橋は百メートルは優にあった。荷馬車やトラックや、乗合自動車などの往来のはげしいために、ところどころ穴さえ開き、洪水でもやって来れば、ひとたまりもなく流失しそうだった。

　学校通いの腕白どもは、しかしかえってそれを面白がった。張られた板金が取れて、今にも外れそうになっている欄干へ、猿のように飛び乗り、ぐらぐらとわざと揺すぶったり、ちびた下駄ばきで、端から端までその上を駈けて渡ったりした。

　たいがいの腕白ども――否、一人残らず彼らは手放しなんかで巧みに渡った。渡れないのは圭太一人くらいのものだった。

　三年四年の鼻たれでさえ渡るのに！　しかも高等二年生の、もう若衆になりかかった圭太に渡れない！

　これは悲惨な滑稽事でなければならなかった。

第一、餓鬼大将の三郎（通称さぶちゃん）の気に入らなかった。彼は権威をけがされたようにさえ思った。

もっとも、圭太はさぶちゃんの配下ではなかった。誰の配下にも属せず、一人、仲間はずれの位置に立っている彼だった。

というのは、さぶちゃんの腕力が怖いばかりに、誰も彼もさぶちゃんの好きそうなもの――メダルだとか、小形の活動本だとか、等々を彼に与えて、彼の機嫌を取り、その庇護の下に小さい自負心を満足させようとあせったのに、圭太には、それが出来なかった。長らく父が病みついている上に、貧しい彼の家は、碌々彼を学校へよこすことも出来ないのだった。

さぶちゃんの家は村の素封家だった。K川に添った田や畑の大部分を一人占めにしているほどの物持ちで、さぶちゃんはその村田家の次男だった。三年ほど、脳の病とかで遅く入学して、ようやく高等二年生になるはなったが、算術などは尋常程度のものでさえ碌に出来なかった。

彼の得意とするところは、自分より弱いものを苛《いじ》めることにあった。すでに「声がわり」のした、腕力といい、体格といい、すっかり若衆の彼に敵対するものは生徒中には一人もなかった。師範を出て来たばかりの若い先生でさえ、さぶちゃんに対しては一目おかなければならなかった。

勿論、それは彼の家柄が物をいう故でもあったが、海軍ナイフを振り廻すくらい何とも思っていないさぶちゃんへの気おくれもあったのだ。

さぶちゃんは村の子供達の総大将となって学校への往復を独裁していた。ある時は隣村の生徒達を橋上に要撃し、ある時は女生徒の一群を襲って、その中の、娘になりかかった何人かの袴の裾をまくった。

彼は年中誰かをいじめていなければ気がおさまらぬらしかった。圭太は、姿を見せさえすれば苛められた。ことに橋の欄干を渡れと何回か言われて、決して渡ったことのなかったのが、さぶちゃんへ当面の問題を提供していたのだった。

二

圭太はすでに欄干の上へ追い上げられていた。彼は振り切ろうとしたが、それが不可能だったのだ。さぶちゃんは握り太の茨のステッキを持っていた。彼の一味の子分達が、またそれぞれの獲物をもって、圭太を取りかこんでしまっていたのだ。

「早く渡らんか！」

さぶちゃんはステッキで圭太の尻を小づいた。

「渡らなけりゃ、みんなして川の中へ突き落としてやるから。」

傍から二三のものが口を出す。

「下駄で渡れ！」

「裸足《はだし》で渡ったんでは、渡った分だないぞ！」

「さあ、早く！」

　さぶちゃんは眼に角を立てた。

　仕方なしに圭太は下駄を脱ごうとした。渡って見ないで渡れない圭太だった。それだけにもう身体がふるえてきた。

「下駄で渡るんだ！」

とさぶちゃんは命令した。圭太は反抗するだけの勇気がなかった。否、あったとしても今の場合どう出来るであろうか。

　彼は片手でしっかと鞄をかかえ、脚に力を入れて立ち上ろうとした。が、駄目だった。下を見ると遙か底の方で、青い水がくるくる、くるくると渦を巻いて流れている。ちょっとでも手を離そうものなら、ふらふらと、そのままその中へ落ちてしまいそうである。――実際、いつの間にか、自分の登っている欄干が、橋もろとも傾いて、すうっと上流の方へ走っているような気さえしてきた。

「何びくびくしているんだ。早く！　早く渡るんだ！」

　さぶちゃんはぴしり圭太の尻をなぐりつけた。

「これくらい渡れないで日本男子だアねえぞ！　やあい、貴様はチャンコロか露助か、この臆病奴！」

「渡れなけりゃ、今日一日そこに突っ立っているんだ、いいか。俺がついて番しててやる！」

さぶちゃんが言った。

もう学校は遅れようとしていた。誰一人通るものがなかった。隣村に下宿している一人の先生——それさえもう通ってしまったに相違ない。真っ直ぐな道を見渡しても、誰もやって来るものがなかった。

圭太は死んでもいいと思った。

「そら、こん畜生！」と言ってさぶちゃんに再びステッキを食わせられた瞬間、彼は腰に力を入れ、両脚を踏みしめ、しっかりと胸に鞄を抱き、右手だけをやや水平に差し伸べて、そして一歩踏み出した。

——みんなが渡るんだ。俺にだけ渡れないということはあるまい！

だが、二歩、三歩——もう駄目だった。眼の前には、長い長い糸のような欄干が、思いなしか蛇のようにうねうねして伸びている。その前後左右、また上下は、渦巻く青い流れであり、無限の空間である。糸——どこまでつづくか分らぬそのたった一本の糸のみが、自分を支えてくれる、そして自分の行かなくてはならぬ道である。

彼はふらふらとして、そのままぺしゃんこと、欄干へ蟹《かに》のようにへばりついてしまった。

「こら、臆病奴！」

「野郎、突き落せ！」

「突き落せ！」

実際、圭太の片足へ腕白どもの手が何本か、かかった。へばりついた手をひっぺがそうとするものもあった。

だが、圭太はその時立ち上っていた。さぶちゃんやその手下のものを払い退けるようにして再び渡り出した。

彼はもう前後左右も、青い渦巻く流れも、大空も何も見なかった。眼をつむるようにして、足許だけ――ほんの自分が踏み出す四五センチ先ばかりしか見なかった。

ふらふらと定めない彼の足は、五歩、六歩と行くうちに、自然に調子が定まり、しかも、見よ！だんだんそれが速くなって、ほう、駈ける！　駈ける！　駈け出してしまったのだ、圭太は！

彼が駈けるにつれて、さぶちゃんはじめ、腕白どもも駈け出していた。彼らは意外だったのだ。圭太に駈ける度胸があろうとは誰一人考えていなかったのだ。さぶちゃんはじめ、奴が泣いてあやまるだろうとひそかに期待していたのだった。

圭太はもう夢中だった。顔の形相がすっかり変っていた。彼は何も見も思いもしなかった。そして次第に早く駈けて、流れの中央へまで行った時、彼は朽ちた欄干の上を踏みはずして、風のようにそのまま宙を飛んでしまっていた。

三

気がついた時、圭太は自分の前に、二三の女生徒が立っているのをぼんやりと認めた。

「あら、鼻血が出てるわ……まあ……」

一人の女生徒がびっくりしたような声で言った。彼女は袖から塵紙を出した。そして圭太の顔へかがみかかって、ぬらぬらする鼻の下や口のあたりを丁寧に拭ってくれた。

「怪我したんじゃないの？　圭太さん。」

女の子はしげしげと見守った。

圭太は眼を開いてあたりを見た。それからひりひりする足くびを手で抑えた。

「あら、そこからも血が……」

「大丈夫！　これくらい……」

圭太はかくすようにくるりと起き上って、ぱたぱたと埃をたたいた。

橋の中央だった。彼は駈け出したまでは知っていたが、あとのことは全然知らなかった。さぶちゃん達はどうしたのだろう。いまは一人も姿を見せなかった。おそらく誰か先生にでも見つかって逃げてしまったにちがいない。

「鼻血がまだ止らないんだないの……圭太さん、これ詰めておかなけゃ駄目だど。」

女の子は再び塵紙を丸めて、自分から圭太の鼻へ栓をしてくれた。

柔かい手が彼の肩にかかり、頬のあたりへかすかにそれが触れるのだった。圭太は恥しそうに身をよけようとした。

「さぶちゃんにやられたんだっぺ。」女の子は再び言った。「あんたのこと追ってたの見えたもの……あの不良のさぶのこと、校長先生に言いつけてやっか。」

憎々しそうに彼女は言った。他の二人の女生徒も同じようなことを言ってさぶちゃんをけなしつけた。

彼女らはやはり高等一二年の、しかもすでに娘の領域に入ろうとしている生徒達だった。さぶちゃんに姿を見さえすればからかわれ、悪戯されるので、学校の往復にも、なるべく彼を避けて、時間を遅く、あるいは早くしている彼女らだった。ことにその中の一番大きい子――秋野綾子は、さぶちゃんの――その年頃の恋人（？）だった。

ある日、さぶちゃんは母親の小さい懐中鏡を持って来て、綾子や、その他の大きい女生徒が何気なく塀などによりかかっているところの足許へそれを置いて歩いた。それを知った女生徒は、この思いがけない悪戯に真っ赤になって逃げ出したが、綾子は運悪くも、その一人に属していた。

「綾子の奴、もう……てやがるんだ！　あっははっはあ……綾子の奴！……」

綾子は泣き出した……。

その綾子だった。それを知っていた圭太は自分もちょうどそうした生理的現象を見た直後だったので、綾子をそれほど近く自分の直ぐ眼の前に見て、すっかり赤くなってしまったのだった。その故か、また鼻血がどっと出て来て、綾子のつめてくれた紙が、すうっと抜け出した。そして濃い真っ赤な血が、するすると口の方へ流れ下った。

「まあ……」

他の二人の女生徒は、おびえたように、両手を胸に合せて祈るような恰好をした。

綾子はしかし落ちついていた。またしても紙を丸めて自分から圭太の鼻へ強く栓をした。

「堅くしとかないと駄目よ、あんた。頭がぐらぐらしべえ。あんた突き落されたの?」

「いや、ただ落ちたんだよ。」

圭太は自分の弱虫が恥しくて、それ以上言うことが出来なかった。

彼は鼻を片手で抑えながら、片手で鞄を直して歩き出した。もう遅れたかも知れぬ。始業の鐘が鳴ってしまったかも知れぬ。

女生徒達もそのあとから駈けるようにしてつづいた。

四

その事があって以来、綾子と圭太の間が非常に近いものになったように思われた。彼らは腕白どもをよけるために時間をかれこれと考えたので、しぜん、道でいっしょになったり、いっしょになれば話し合ったりするのだった。

綾子は中学へ行っている兄を持っていた。さぶちゃんがこれ以上苛めれば、その兄に言って「とっちめて」もらってやるからと言った。

圭太もその綾子の兄をうすうすながら知っていた。もう卒業間際の、がっしりした青年だった。いかにさぶちゃんが海軍ナイフを振り廻しても、茨のステッキを持っていても、彼にはぐうの音も出まい！

圭太も心強かった。

と同時に、着物がだんだん薄くなる頃で、綾子のもっくりふくれた胸が、圭太に小若衆らしい感情を起さす種となった。彼は次第に学校の教科書がいやになりつつあった。

ある日、さぶちゃんが、また橋のたもとに圭太を要撃した。「この野郎！」と彼は言った。例の握り太の茨のステッキ——彼はそれを学校の前の藪の中へ隠しておいて、往きかえりに必ず携えていた——そいつで、圭太を嚇しつけた。

「こら、貴様、この頃俺ちっとも言わねえと思って、生意気だぞ！」

圭太は蟇のように身を縮めた。いまにもそのステッキが自分の頭上か、肩先かへ落ちるような気がしたのだ。

さぶちゃんの一味は、小気味よさそうに、圭太の前後に立ち塞がった。

「いいか、こら！」とさぶちゃんは言った。「貴様、綾子と話しなんかしたら、本当にこれを食わせるから！」

すると他の取りまき連中も言った。

「こいつ、学校出来ると思って生意気なんだ。……学校ぐれえ出来たって何だっちだ。」

「なぐっちまえ！」

「圭太！」と再びさぶちゃんが言った。

圭太は唖のように黙って突っ立っていた。

「こら！　貴様」

どしんと胸をつかれて圭太はよろよろと二三歩あとへよろけた。

「綾子と貴様は、なんだ？」

「なんでもないさ！」

圭太は一言答えた。

「いいか、貴様、話しなんかしたら、みろ、貴様本当に橋の上から川の中へ突っ込んでやるからな！」

「貴様ばかりでなく、誰だってそうだど」とさぶちゃんはつづけた。「俺、先生だって綾子と変な真似したら用捨はしねえ。ナイフで突っこ抜いてやるんだ！」

それは綾子やその他の大きな女生徒に、笑いながら話をする若い先生に対する戦争の宣言でもあった。

実際、若い先生達は、綾子の——ことは彼女の発達した肉体に異様な眼をそそぐのだ。

彼らはそういう風にとっていた。

さぶちゃんは、往きにもかえりにも、この頃では綾子を待ち伏せ、そして何かを話しかけたり、威しつけたりした。

彼女は圭太のように意気地なしではなかった。さぶちゃんなんか恐れていないようだった。兄があるからかも知れない！

「不良！　碌《ろく》でなし！」

彼女はいつも一喝するのである。

圭太は胸がすくようだった。

圭太はさぶちゃんが怖いばかりに、つとめて綾子から遠ざかろうとしていた。

が、綾子は反対に、何かと言っては圭太にやさしい眼を向け、話しかけてさえくるのだ。そしてその度ごとに、彼はさぶちゃんから威嚇と、時には本当にステッキを食わされなければならなかった。

夏休みがやってきた。

圭太は永らく病床にあった父を亡くした。

そしてそれは彼にとって、さぶちゃんとも、綾子とも、ふっつりと交渉の断絶を意味していた。

圭太は母を扶けて貧しい父なきあとを働かなければならなかった。

秋の取り入れがすみ、そしてまた春の日がやって来た。橋の欄干を渡らせられ、綾子の柔かい手を感じた頃がめぐって来ていた。圭太は毎日真っ黒になって野良だった。

綾子は町の女学校へ通っているという。そしてさぶちゃんは、中学の試験を受けても駄目だったので、東京へ行った。何とかいう学校へ入ったとか――

圭太は時々綾子の姿を見た。やはりあの橋の上だ――しかし朽ちかけた橋は架けかえられて新しいコンクリートの堂々たるものになった。――彼女はつつましやかに制服を身につけ、希望にかがやきながら、一年前のことなどは遠い昔の忘れられたことほどにも考えないかのように、いそいそとすっかり娘になった身体を運んで行くのだった。

猫吉親方（長ぐつをはいた猫）

ペロー

楠山正雄訳

一

むかし、あるところに、三人むすこをもった、粉《こな》ひき男がありました。もともと、びんぼうでしたから、死んだあとで、こどもたちに分けてやる財産《ざいさん》といっては、粉ひき臼をまわす風車《ふうしゃ》と、ろばと、それから、猫《ねこ》一ぴきだけしかありませんでした。さていよいよ財産を分けることになりましたが、公証人《こうしょうにん》や役場の書記《しょき》を呼ぶではなし、しごくむぞうさに、一ばん上のむすこが、風車《ふうしゃ》をもらい、二ばんめのむすこが、ろばをもらい、すえのむすこが、猫《ねこ》をもらうことになりました。すえのむすこは、こんなつまらない財産《ざいさん》を分けてもらったので、すっかりしょげかえってしまいました。

「にいさんたちは、めいめいにもらった財産をいっしょにして働けば、りっぱにくらしていけるのに、ぼくだけはまあ、この猫をたべてしまって、それからその毛皮で手袋をこしらえると、あとにはもうなんにも、のこりゃしない。おなかがへって、死んでしまうだけだ。」

すえの子は、ふふくそうにこういいました。すると、そばでこれを聞いていた猫は、なにを考えたのか、ひどくもったいぶった、しかつめらしいようすをつくりながら、こんなことをいいました。

「だんな、そんなごしんぱいはなさらなくてもようございますよ。そのかわり、わたしにひとつ袋をこしらえてください。それから、ぬかるみの中でも、ばらやぶの中でも、かけぬけられるように、長ぐつを一そくこしらえてください。そうすれば、わたしが、きっとだんなを、しあわせにしてあげますよ。ねえ、そうなれば、だんなはきっと、わたしを遺産《いさん》に分けてもらったのを、お喜びなさるにちがいありません。」

主人は猫のいうことを、そう、たいしてあてにもしませんでした。けれども、この猫がいつもねずみをとるときに、あと足で梁《はり》にぶらさがって、小麦粉をかぶって、死んだふりをしてみせたりして、なかなかずるい、はなれわざをするのを知っていましたから、なにかつごうして、さしあたりのなんぎを、すくってくれるくふうがあるのかもしれない、とおもって、とにかく、猫のいうままに、袋と長ぐつをこしらえてやりました。

二

猫吉親方《おやかた》は、さっそく、その長ぐつをはいて、袋を首にかけました。そして、ふたつの前足で、袋のひもをおさえて、なかなか気取ったかっこうで、兎《うさぎ》をたくさん、はなし飼《が》いにしてあるところへ行きました。そこで、猫は、袋の中にふすまとちしゃを入れて、遠くのほうへほうりだしておきました。そこから、袋のひもを長くのばして、そのはしをつかんだままじぶんはこちらに長ながとねころんで、死んだふりをしていました。こうして、まだ世の中のうそを知らない若い兎たちが、なんの気なしに、袋の中のものをたべに、もぐりこんでくるのを待っていました。あんのじょう、もうさっそく、むこう見ずの若い、ばか兎が一ぴき、その袋の中へとびこみました。猫吉親方《おやかた》は、ここぞと、すかさずひもをしめて、その兎を、なさけようしゃもなくころしてしまいました。そうして、それを、えいやっとかついで、鼻たかだかと、王様の御殿へ出かけて、お目どおりをねがいました。

猫吉は、王様のご前《ぜん》へ出ると、うやうやしくおじぎをして、

「王様、わたくしは、主人カラバ侯爵《こうしゃく》からのいいつけで、きょう狩場《かりば》で取りましたえものの兎を一ぴき、王様へけん上にあがりました。」

カラバ侯爵《こうしゃく》というのは、猫吉がいいかげんに、じぶんの主人につけたなまえですが、王様はそんなことはご存《ぞん》じないものですから、

「それは、それは、ありがとう。ご主人に、どうぞよろしく御礼をいっておくれ。」と、おっしゃいました。

猫吉は、ばんじうまくいったわいと、心の中ではおもいながら、

「はいはい、かしこまりました。」と、申しあげて、ぴょこ、ぴょこ、おじぎをして、かえって来ました。

そののちまた、猫吉は、こんどは、麦畠の中にかくれていて、れいの袋をあけて待っていますと、やまどりが二羽かかりました。それを二羽ともそっくりつかまえて、兎とおなじように、王様の所へもって行きました。

それからふた月三月のあいだというもの、しじゅうカラバ侯爵《こうしゃく》のお使だと名のっては、いろいろと狩場《かりば》のえものを、王様へけん上《じょう》しました。そしてそのたんびに、猫吉はお金をいただいたり、お酒を飲まされたり、たっぷりおもてなしをうけるうちに、だんだん王様の御殿のようすが分かってきました。

三

ある日のこと、猫吉は、いつものように狩場のえものをけん上しに行きました。すると話のついでに、きょう、王様が美しいお姫さまをつれて、川へ遊びにお出かけになるということを聞きこみました。そこで、猫吉は、さっそくかえって来て、主人に話しました。

「もしもし、だんなが、わたしのいうとおり、なんでもなされば、あなたは、じきしあわせになりますよ。それもたいしてむずかしいことじゃないんですよ。だんなはただ、きょう、川まで出かけて、わたしのおしえるとおりの所へ行って、水をあびていればいいんです。そうすれば、あとはばんじ、わたしがいいようにしますからね。」

カラバ侯爵《こうしゃく》は、そう聞いても、なにがなんだか、ちっともわけが分かりませんでしたが、なんでもかでも、猫吉のいうとおりにしました。さて、ちょうど猫吉の主人、すなわちカラバ侯爵《こうしゃく》が、水につかってからだを洗っているとき、そこへ王様の馬車が通りかかりました。すると、猫吉はきゅうに、火のつくように、かなきり声をあげてさけびたてました。

「助けてください。助けてください。カラバ侯爵《こうしゃく》がおぼれそうです。」

王様は、このさけび声を聞くと、なにごとかとおもって、馬車の窓から首をお出しになりました、見ると、しきりにどなっているのは、これまでに、たびたび狩場《かりば》から、いろいろと、けっこうなえものを持ってきてくれた猫なので、王様はおそばの家来《けらい》に、はやく行って、カラバ侯爵《こうしゃく》をお助け申せ、といいつけました。

家来が、いそいで川へおりて行って、カラバ侯爵《こうしゃく》を引きあげているあいだに、猫吉は王様のところへ出かけて行きました。

「わたくしどもの主人が、川につかって、からだを洗っておりますと、わるものがやって来たのでございます。主人はずいぶん大声で、なんども、どろぼう、どろぼうと申しましたのですが、とうとう、わるものは、着物をぬすんで、もって行ってしまいました。ですから、すぐに着る着物がございません。」

猫吉は、こう王様にうったえました。じつは、その着物は、大きな石の下にかくしておいたのです。けれど、猫のいうことが、さもほんとうらしくきこえるので、王様は、御殿の衣裳《いしょう》べやのかかりにいいつけて、いちばん上等な着物を、いそいで持って来て、カラバ侯爵《こうしゃく》にお着せ申せ、とおっしゃいました。

王様は、侯爵《こうしゃく》をたいへんていねいにもてなして、ごじぶんの、りっぱな着物を着せました。ところで、猫吉の主人は、生まれつきりっぱなようすの男でしたから、その着物を着ると、いかにも侯爵《こうしゃく》らしい上品なひとがらになりました。それを見た王様のお姫《ひめ》さまは、すっかり侯爵《こうしゃく》がすきになりました。そこで、王様は侯爵《こうしゃく》にすすめて、馬車に乗せて、いっしょに旅をすることにしました。

猫吉は、じぶんのけいりゃくが、うまくあたったので、だいとくいで、馬車よりも先へあるいて行きました。すこし行くと、まきばの草を刈《か》っているお百姓《しょう》たちに出あいました。すると猫吉は、

「もうじき王様が馬車に乗ってお通りになるが、そのとき、このまきばはだれのものだ、といっておたずねになったら、これはカラバ侯爵《こうしゃく》のものだと、おこたえしなければいけないぞ。もしそうしなかったら、それこそ植木鉢《うえきばち》にはえたちいさな草を引っこ抜くように、おまえたちの首を、引っこ抜いてしまうぞ。」といって、すっかりお百姓《しょう》たちを、おどしつけました。

王様が、やがてそこを、お通りかかりになりますと、なるほど猫吉のおもったとおり、このまきばは、だれのものだ、とおたずねになりました。けれどお百姓たちは、すっかり猫吉におどかされていましたから、

「わたしどものご主人、カラバ侯爵《こうしゃく》さまのものでございます。」と、みんな声をそろえて、こたえました。

王様は、うまうまと、だまされておしまいになりました。そして、侯爵《こうしゃく》にむかって、まじめにおよろこびをおっしゃいました。

「どうもたいした土地《とち》もちでおいでだな。」

そこで侯爵《こうしゃく》は、すかさず、そのあとについて、

「ごらんのとおり、このまきばからは、まい年、なかなかたくさんな取りいれがございますので。」

と申しました。

四

まずこういうやり方で、猫吉親方《おやかた》は、いつも馬車の先に立ってあるいて行っては、麦刈り、草刈りをしている男とみると、おなじようなことをいって、おどしました。

「王様がお通りになったら、これはみんなカラバ侯爵《こうしゃく》の畠でございますというのだ。そういわないと、おまえたちみんな、挽き肉《ひ》にしてしまうぞ。」

そういってあるいたあとに、すぐ王様は通りかかって、麦畠も、牧場《まきば》もみんなカラバ侯爵《こうしゃく》のものだときかされました。そのたんびに、王様は、カラバ侯爵《こうしゃく》が、たいへんな広い領地《りょうち》をもっているのに、すっかりびっくりしておしまいになりました、そうしてそのたんびに侯爵《こうしゃく》にむかって、

「どうもたいしたご財産《ざいさん》で。」といいました。

　このあいだに、猫吉親方は、ひとりさきに、どんどんあるいて行って、とうとう人くい鬼が住んでいる、りっぱなお城へ来ました。この人くい鬼は、世にもすばらしい大金持で、王様が、みちみち通っておいでになった、カラバ侯爵《こうしゃく》のものだという広大《こうだい》な領地《りょうち》も、じつはみんな人くい鬼のものでした。猫吉は、この人くい鬼のことをよく聞いて知っていましたから、そのとき、ずんずんお城の中へはいって行って、

「ご近所《きんじょ》を通りかかりましたのに、あなた様のごきげんもうかがわずに、だまって通る法《ほう》はございませんので、おじゃまにあがりました。」と、さも心から、うやまっているように申しました。

　それを聞いた人くい鬼は、すっかり喜んで、人くい鬼そうおうなれいぎで、猫吉をもてなしました。

　さて、ゆっくり休ませてもらったところで、猫吉は、おそるおそる、

「あなた様は、ごじぶんでなろうとおもえば、どんなけもののすがたにもおなりになれるのだそうでございますが、それでは、ししとかぞうとかいったような、あんな大きなけものにもおなりになれるのでございますか。」と、たずねました。

　すると、人くい鬼は、早口に、

「なれなくってさ。なれなくってさ。よしよし、うそでないしょうこに、ひとつ、ししになって見せてやろう。」

こういって、いきなりししになってしまいました。猫はすぐ鼻のさきに、大きなししがふいにあらわれたので、あわてて、長ぐつのまま、あぶないもこわいもなく、軒《のき》のかけひの上にかけあがりました。しばらくたって人くい鬼が、やっと、もとどおりのすがたになったのを見すまして、猫吉はそろそろ、かけひからおりて来ました。

「どうも、じつに、おどろきました。わたくしは、今にもひとつかみになさるかと思って、ぶるぶるふるえていたのでございますよ。ところで、これも人から聞きました話で、あてにはなりませんが、あなたはまた、ずっと小さなけもの、たとえばねずみなら、はつかねずみのような小ねずみなんかにでも、なろうとおもえばおなりになれるということですが、まさかねえ、こればかりは、とても信じられませんが。」

こういって、猫は、うたがいぶかいような目をしました。

「なに、信じられん。」と、人くい鬼はおこってさけびました。「よしよし、すぐ小ねずみになって見せよう。」

人くい鬼は、いうまに、一ぴきのはつかねずみにかわってしまいました。そして、ちょろ、ちょろ、床《ゆか》の上をかけまわりました。猫吉はしめたというなり、すばやく、小ねずみにとびかかるが早いか、あたまから、むしゃむしゃと、たべてしまいました。

五

　そのとき、お城のそとのつり橋を、王様の馬車のわたってくる音がきこえました。猫吉は、その音を聞きつけると、さっそく、お城の門のところへ出て行って、王様にこう申しました。

「さあ、どうぞ、王様には、カラバ侯爵《こうしゃく》のお城におはいりくださいまするよう。」

　王様は、さっきからこのお城に気がついていました。そして、だれのお城だか知らないが、中はさぞかしりっぱだろうから、はいってみたいものだと、おおもいになっていたところでした。ですから、猫吉がそういうのを聞くと、ますますおどろいておしまいになりました。

「なに、これも侯爵《こうしゃく》のお城。いやどうも、お庭といい、建物《たてもの》といい、こんなりっぱなお城は見たことがないわい。では、拝見《はいけん》しよう。どうぞ案内《あんない》をたのみますぞ。」

　王様が馬車からおりると、猫吉は、そのあとからついて行きました。カラバ侯爵《こうしゃく》はお姫さまに手をかして、そのあとにつづきました。やがて大広間にはいると、おかざりしたテーブルの上に、りっぱなごちそうがならんでいました。じつは、このごちそうは、きょう、たずねて来るはずの友だちのために、人くい鬼がしたくしておいたものでした。けれども猫吉は、それがわざわざ、王様やお姫さまのために用意させてあったもののように見せかけました。人くい鬼の友だちも、王様がおいでときいて、えんりょして、かえって行きました。

やがて、みんなはテーブルについて、ごちそうをたべました。王様は、お姫《ひめ》さまとどうよう、侯爵《こうしゃく》のりっぱなひとがらに、すっかりほれこんでおしまいになりました。そのうえ、侯爵《こうしゃく》が、たいへんお金持なのを知って、なおなお、このもしくおもいました。そこで、五六ぱい、さかずきをあげてから、王様は、

「どうでしょう、侯爵《こうしゃく》、おいやでなかったら、姫と結婚《けっこん》してくださいませんか。あなたは、わたしどもにとっては、申しぶんのない方です。」と、いいました。

侯爵《こうしゃく》はそのとき、うやうやしく敬礼《けいれい》したのち、王様の申し出された名誉《めいよ》を、よろこんで、お受けすることにしました。そうしてその日、さっそくお姫さまと結婚しました。

さて、猫吉は、大貴族《だいきぞく》にとり立てられました。それからはもう、やたらにねずみを取ったりしないで、気らくに、その日その日をおくりました、と、さ。

親ゆずりの財産《ざいさん》に、ぬくぬくあたたまっているよりも、若いものは、自分の智恵《ちえ》と、うでを、もとでにするにかぎります。

橋の上の自画像　富永太郎

今宵私のパイプは橋の上で
狂暴に煙を上昇させる。

今宵あれらの水びたしの荷足《にたり》は
すべて昇天しなければならぬ、
頬被りした船頭たちを載せて。

電車らは花車《だし》の亡霊のやうに
音もなく夜《よ》の中に拡散し遂げる。
(靴穿きで木橋《もくけう》を蹈む淋しさ!)

私は明滅する「仁丹」の広告塔を憎む。
またすべての詞華集《アントロジー》とカルピスソーダ水とを嫌ふ。

哀れな欲望過多症患者が
人類撲滅の大志を抱いて、

最後を遂げるに間近い夜《よる》だ。

蛾よ、蛾よ、
ガードの鉄柱にとまつて、震へて、
夥しく産卵して死ぬべし、死ぬべし。

咲き出でた交番の赤ランプは
おまへの看護《みとり》には過ぎたるものだ。

月夜　与謝野晶子

お幸《かう》の家は石津村《いしづむら》で一番の旧家でそして昔は大地主であつた為《た》めに、明治の維新後に百姓が名字《みやうじ》を拵《こしら》へる時にも、沢山の田と云《い》ふ意味で太田《おほた》と附《つ》けたと云はれて居ました。それだのに祖父の時に自身が社長をして居た晒木綿《さらしもめん》の会社の破綻《はたん》から一時に三分の二以上の財産を失ひ、それから続いてその祖父が亡くなり、代つて家長になつたお幸の父はまだやつと二十歳《はたち》になつたばかりの青年であつた為《た》め、番頭の悪手段にかゝつて財産を殆《ほとん》ど総《すべ》て他へ奪はれてしまつたのでした。喜《き》一郎《らう》と云つた其《その》お幸の父も、お幸とお幸より三つ歳下《としした》の長男の久吉《ひさきち》がまだ幼少な時に肺病に罹《かか》つて二年余りも煩《わづら》つて歿《な》くなりました。其時分にもう太田の家は石津川の向ひの稲荷《いなり》の森の横の今の所へ移つて来て居ました。自家に所有権のあつた其沢山の田に取巻かれた三本松《ぼんまつ》の丘の家は、今では村の晒問屋《さらしどんや》の山仁《やまに》の別荘になつて居ることもお幸兄第にはお伽噺《とぎばなし》の中の一つの事実くらゐにしか思はれないのでした。お幸は強い性質の子でした。丘の三本松は好《い》い形であると眺《なが》めることはあつても、感情的な弱い涙をそれに注がうとはしませんでした。この春高等小学校を卒業してからお幸は母が少しばかりの田畑を作ることゝ手仕事で自分達《たち》を養つて居るのを心苦しく思ひまして、自身の友であつた中村《なかむら》おつると云ふ人の親の家へ通ひ女中になつて行つて居ました。中村の家も亦晒問屋《またさらしどんや》でした。お幸が中村家の手伝ひをするやうになつてからもう五月程になるのですがこの最近の四五日程苦しい思ひをさせられたことはありませんでした。お幸に親切な心を持つて居たおつるが九月の新学期から大阪の某女学校へ入る事になつて其地の親戚の家へ行つてしまつたことはお幸の為《た》めに少なからぬ打撃と云はねばなりません。中村家には意地の悪い女中が二人居ました。お幸が通ひで夜遅くなつてからの用をしないのが二人には不平でならないことだつたのでせうが、おつるの居る間は目に見える程の迫害はしませんでした。中村家のお内儀《かみ》さんは病身でしたから台所のことなどは二人の女中が切つて廻《まは》して居るのでした。お幸のしなければならない用事が無暗《むやみ》に殖えて来て自然お内儀《かみ》さんの部屋へ行くことが少くなると、其処《そこ》へはまた外の用をどつさりお幸に押し附けた女中の一人が行つて、お嬢様が見ていらつしやらないと思つて用事を疎《おろそ》かにすると云ふやうな告口《つげぐち》がされて居ました。家《うち》へ帰つて家《うち》の用事をする人に夜分の食事はさせないでもいゝと云ふやうな無茶な理屈を拵へて、下男と下女が一緒に食べる夜の食卓にお幸の席を作つてやらないやうなことを二人の女中は仕初めました。家《うち》へ帰つて更に食事をすると云ふことは母親に済まないことのやうにお幸は思はれるものですから、昼の食事を少し余計目に食べて我慢をしようとすればまた二人の意地悪女はそれも口穢《くちぎたな》く罵《ののし》りました。今日で丁度《ちやうど》五日の間お幸は日に二食で過ごして来ました。

お幸は中村家の裏口を出てほつと息を吐《つ》きました。

「何か別のことを考へなくては。」

お幸は思はず独言《ひとりごと》をしました。其処には轡虫《くつわむし》が沢山啼《な》いて居ました。前側は黒く続いた中村家の納屋で、あの向うが屋根より高く穂を上げた黍《きび》の畑《はた》になつて居ます。お幸は黍がこんなに大きくなつてからはつひ人かと思ふことが多くて、歩き馴《な》れた道も無気味でした。中村家の母家の陰になつて居た月は河原へ出ると目の醒《さ》めるやうな光をお幸に浴びせかけました。水も砂原もきら／＼と銀色に光つて居ました。川下の方に村の真実《ほんたう》の橋はあつて、お幸の今渡つて行くのは中村家の人と、此処《ここ》へ出入する者の為《た》めに懸けられてある細い細い板橋です。鳴り出した西念寺《さいねんじ》の十時の鐘の第一音に弾《はじ》き出されるやうにお幸は橋を渡つてしまひました。一町程行くと右に文珠様《もんじゆさま》の堂があります。お堂は白い壁の塀《へい》で囲まれて居ます。白壁には名灸《めいきう》やら堺《さかひ》の街の呉服屋やら雇人口入所《やとひにんくちいれじよ》の広告やら何時《いつ》でも貼《は》られて居るのです。

「おや、こんなものがある、」

お幸はその中に新しい貼紙《はりがみ》の一つあるのを見出《みいだ》したのです。それは大津《おほつ》の郵便局で郵便配達見習を募集するものでした。

「学歴は小学校卒業程度の者だつて、十五歳以上の男子つて、まあそんなに小《ちひさ》くてもいゝのかしら、日給は三十五銭。」

お幸はこんなことを口で言ひながら二三分間その貼紙の前で立つて居ました。

「男ぢやないから仕方がない。」

暫《しばら》くの間お幸は前よりも早足ですた／＼と道を歩いて居ましたがまた何時の間にか足先に力の入らぬ歩きやうをするやうになりました。魔の目のやうな秋の月はお幸のやうな常識に富んだ少女をも空想な頭にせずには置きませんでした。

「馬鹿《ばか》な。」

と思ひ出したやうに云つた後でもお幸の空想は大きく延びるばかりでした。お幸は髪を切つて男装をして大津の郵便局へ雇はれて行かうかとそんなことを思つて居るのです。母さんが承知をしないかも知れない、かう思ふとお幸の目には、そつと髪を切らうとして居る所へ母親が現《あらはれ》て来て、あの小楠公《せうなんこう》の自殺を諫《いさ》めたやうなことを、母親が切物《きれもの》を持つた手を抑へながら云ふやうな光景が見えて来ました。そして駄目《だめ》だと思ひました。

「けれども」

お幸はまた最初の考へに戻《もど》つて、大津は此処から云へば三里も隔つて居ない所だけれども、泉南泉北《せんなんせんぼく》と郡が別れて居て村の人などはめつたに往来しない。何方《どちら》かと云へば海の仕事をする人と工場の多い大津と云ふ街をこの村の人は異端視して居るのだ。だから私《わたし》が其処で男に化けて郵便脚夫をしても誰《だれ》も気の附く人はあるまい。自分の働きで自分の食べて行くのは一緒でも今の女中奉公よりその方がどんなにいいか知れない。お金持の奴隷になる訓練を受けてそれが私の何にならう、私はもう断然と外の仕事に移つてしまふのだ。さうしなければならないのだ。私は工女の境遇がつまらないのであることは知つて居る。それにはなりたくないと思つて居る。郵便脚夫は資本のある人に虐待される女工などゝは違つて、お国の人が一緒になつて暮すのに是非廻さなければならない一つの器械を廻すやうなことをするものなのだ。人間仲間の手助けを立派にするものなので、男装して男名《をとこな》にして私は早速郵便配達夫の見習ひに行かう。真実《ほんたう》にそれはいいことだとお幸は思ふのでした。

何時の間にかお幸はもう稲荷の森へ入つて来て居ました。虫の声が遠くなつて此処では梟《ふくろふ》が頻《しき》りに啼《な》いて居ます。

「久ちやん。」

お幸はいつものやうに弟へ帰つた合図の声を掛けました。古い戸のがたがたと開けられる音がしました。

「姉さん。」

久吉は草履を突掛けてばたばたと外へ走つて来ました。

「姉さんに云ふことがあるよ。」

「どうしたの、母様《かあさん》は。」

お幸の胸は烈《はげ》しく轟《とどろ》きました。

「母さんのことぢやないよ。姉さんに云ふことがあるつて云つてるのぢやないの。」

「ぢやなあに。」

お幸は弟の肩へ手を掛けて優しく云ひました。

「姉さん今日はお芋が焼いてあるよ。」

「そんなこと。」

「だつて姉さんはお腹《なか》が空《す》いて居るのぢやないか、僕《ぼく》知つてるよ。」

久吉は恨めしさうでした。

「誰《だれ》に聞いたの。」

「中村さんの音作《おとさく》さんに聞いたよ。今夜だつて食べさせないだらうつて。姉さんはもう我慢が出来まいつて。」

「あなた、母さんに話して、そのこと。」

「いいえ。けれどお芋は母さんに云つて焼いたのだからいいよ。」

「さう、ありがたうよ。久ちやん。」

「早く行かう姉さん。」

久吉に袖《そで》を引かれた時に、お幸は郵便配達夫になることを此処《ここ》で弟と相談して見ようと思つて居たことを思ひ出しましたが、其儘《そのまま》なつかしい母の顔のある家の中に入つて行きました。

二人の母親のお近《ちか》は頼まれ物の筒袖《つつそで》の着物へ綿を入れた所でした。

「唯今《ただいま》、母様《かあさん》、こんな遅くまでよくまあお仕事。」

とお幸は口早に云ひました。

「お帰り。道は淋《さび》しかつたらうね。」

「月夜ですもの提灯《ちやうちん》は持たないでもいいし。」

久吉が暗い台所から持ち出して来た盆からは餓《う》ゑたお幸に涙を零《こぼ》させる程の力のある甘い匂《にほ》ひが立つて居ました。お幸は弟の好意を其儘《そのまま》受けて物も云はずその焼芋を食べてしまひました。久吉はお茶の用意もしてくれました。

「私《わたし》が作つたものだもの、そんなに甘味《おい》しければ毎晩でもお食べよ。」

母親はじつと娘を見ながらかう云ひました。

「母様《かあさん》がお作りになつたからおいしいのよ。」

「なんの、おまへ自身で作つて御覧、もつとおいしいよ。」

お幸はこの時ふと母の労力を無駄使《むだづか》ひをさせたと云ふやうな済まない気のすることを覚えました。

「私《わたし》が持つて行く。」

皮の載つた盆を下げようとする久吉をかう留めてお幸は自身で台所へ行きました。

「母さん、暗くて見えませんけれど、何かして置く用が此処にありませんか。」

お幸はやや大きい声でかう云ひました。

「姉さんは元気が出たね。」

と久吉が云ひました。

「何も用はないよ。」

「母さん、母さん、僕は云つてしまひますよ。姉さんはね、中村さんで晩の御飯を食べさせて貰《もら》はないのだつて、他《ほか》の女中が意地わるをするのだつて、中村さんの音作がすつかり僕に云つてくれましたよ。母さん、もう姉さんを中村さんへ手伝ひに遣《や》るのをよしなさいよ。」

　弟の母に語るのをお幸はじつと台所で聞いて居ました。

「お幸や、さうなのかえ。」

「ええ。」

　お幸は目に涙を溜《た》めて灯《ひ》の下へ出て来ました。お近は袖口をくけかけて居た仕事をずつと向うへ押しやりました。

「何故《なぜ》黙つて居ました。自身の身体《からだ》のことを自身で思はないでどうするお幸。」

「はい。私《わたし》は外の仕事の見つかるまでと思つて辛抱して居ましたけれど。」

「外の仕事つて。」

「私《わたし》今晩帰り途《みち》で大津の郵便局の郵便脚夫の見習に十五以上の男を募集すると云ふ貼紙《はりがみ》を見ましたから、母さん、私は男の姿になつて髪なんかも切つて雇はれに行かうかしらと云ふやうなことも考へて来たのです。」

とお幸は思ひ切つて云ひました。

「おまへにそんな働きが出来ますか。」

「私《わたし》はよく歩きますし、丈夫ですし。」

「それだけの理由《わけ》で郵便屋さんにならうと言ふの。」

「いゝえ。私《わたし》は世の中の手助けになる仕事ですからして見たいのです。」

「今の仕事は。」

「女中と云ふものが主人の家に大勢居ることは一層お金持を怠惰者《なまけもの》にするだけのもので、世の中の為《た》めにはならないと私《わたし》は気が附きました。さうぢやないでせうか。」

「それはさうかも知れない。」

「私《わたし》は自分の出来ることの中で一番いい仕事をしなければならないと思ひます。」

「十五になると大分理屈が解《わか》るね。」

お近はかう云つて久吉の方を見ました。

「姉さんはえらいや。僕なんかは学校を出たら百姓になるのが一番いいことだと思つて居た。」

と久吉は云ひました。

「お幸は百姓をどう思ふの。」

「まだそれは考へません。」

「それを考へないことがあるものですか。母様《かあさん》が若し間違つたことをして居たらおまへは注意をしてくれなければならないぢやないの。母様《かあさん》のして居ることは百姓ですよ。私《わたし》は世の中へ迷惑をかけないで暮して行くと云ふことが世の中の為《た》めだと思つて居るよ。自身で食べる物を作つて私は自分やおまへ達の着物を織つて居ます。自分の出来ないものは仕事の賃金に代へて貰つて来ると云ふこの暮しやうが私には先《ま》づ一番間違ひのない暮しやうだと思つて居るよ。」

お近のこの話をお幸は両手を膝《ひざ》の上で組合せてうやうやしく聞いて居ましたが。顔を上げて、

「母さん、田や畑はもう少し余計に貸して貰へるのですか。」と言ひました。

「小作人が少くて困つて居るのですもの、貸して呉《く》れますとも。」

「髪を切つてお芝居のやうなことをするよりも私《わたし》のすることは、母様《かあさん》、あつたのですよ。」

「何のことですか。」

「野仕事です。百姓です。」

「さうかね。おまへが郵便局へ行きたいと云ふから、私《わたし》は男になつたりなどしないで、局長に逢《あ》つて女の儘《まま》で、採用《つか》つて貰ふことを一生懸命ですればいいと思つて居たよ。私には百姓がいいと云つただけで、おまへを百姓にしようと思つて居るのぢやないよ。」とお近は云ふのでした。

「姉さん百姓におなりよ。三人で百姓をすると決めませうよ。」と久吉は言ひました。

「私《わたし》は何でも出来ますが百姓でも出来ます。」

「それではなつて見るがいいよ。ねえお幸、今日角造《かくざう》さんに聞くと三本松の家を山仁《やまに》さんはまた堺

の商人へ売るさうだよ。私《わたし》はそれがいいと思つて居るよ。おまへ達は知らないがそれはそれは無駄に広い家なんだからね。あれを真実《ほんたう》に人間仲間の役に立てようと思ふなら大勢の使ふものにしなければならないのだからね。堺へ持つて行つて幾つかの家に分けて拵へたらいいだらうよ。併《しか》し建物に立派な宝物になる価値《ねぶみ》のあるものは別だけれど。」とお近は云ひました。

「さうなつたらあの丘へ自由に上《あが》れますね。いいなあ。」と久吉は云ひました。三人は幸福であることを感じて居ました。

下町

林芙美子

風が冷いので、りよは陽の当たる側を選んで歩いた。なるべく小さい家を目的にして歩く。昼頃だつたので、一杯の茶にありつける家を探した。軒づたひに、工事場のやうな板塀を曲つて、錆びた鉄材の積み重ねてある奥をのぞくと、硝子戸の中で、ぱちぱちと火の弾ぜてゐる小舎があつた。後から自転車で来た男が、片足を地へつけて「葛飾の区役所はどこだね？」と訊いた。りよは知らなかつたので、「私も、通りすがりのもので知りませんね」と云ふと、自転車の男は小舎の方へ行つて、大きい声で区役所はどこだらうと聞いてゐる。硝子戸を開けて、鉢巻をした職人風な男が顔を出した。「四ツ木の通りへ出て、新道をまつすぐ駅の方へ行けば判るよ」と教へた。りよは、鉢巻の男の様子が、人柄のいゝ人物のやうに思へたので、自転車をやりすごしてから、おそるおそるそばへ行つて、「静岡のお茶はいりませんでせうか……」と小さい声で聞いてみた。暗い土間では、七輪に薪を燃やして、鉄棒の渡しをかけた上に大きいやかんが乗つかつてゐた。「お茶？」「はい、静岡のお茶なンですけどねえ……」りよは、微笑しながら、さつさとリュックを降ろしかけた。鉢巻の男は何も云はないで、土間の腰掛に行つた。りよは、勢よく燃える火に、ほんのしばらくでもあたらせて貰ひたかつたので、「随分、歩いたンですけど、とつても寒くて……少し、あたらせて下さいませんでせうか？」とおづおづと云つてみた。「あゝいゝとも、そこンとこ閉めて、あたつて行きな」男は股の中へ小さい腰掛をはさみかけてゐたが、その腰掛をりよの方へやつて、自分はぐらぐらする荷箱の方へ腰をかけた。

りよはリュックを土間の片隅に降ろして、遠慮さうに蹲踞《しやが》んで、火のそばへ手をかざすと、「その腰掛へかけなよ」男は顎でしやくるやうに云つて、炎の向うにほてつてゐるりよを見た。なりふりかまはないかつかうではあつたが、案外色白い器量のいゝ女であつたので、「お前さん、行商に歩いてゐるのかい?」と訊いた。

やかんの湯がちいんと鳴り出した。

煤けた天井に、いやに大きい神棚がとりつけてあつて、青々としたさかきが供へてある。窓の下には黒板がぶらさげてあり、穴だらけのゴム長が一足、壁ぎはに置いてある。「この辺がいゝつて聞いたものですから、今朝早く来たンですけどね、一軒きりしか商売がなくて、もう、帰らうかと思つたンですけど、どこかで弁当でもつかはせて貰つて、と思ひましてね、そンなところを探して歩いてゐたンです……」「弁当はこゝでつかつて行けばいゝさ……商売つてものは、その日の運不運でね、もう少し、家のこんでるところでもまはれば、案外、またいゝ商売もあるかもしンねえよ」男は、歪んだ本箱のやうな棚から、黄いろくべとついた新聞包みを出して鮭の切身を出すと、やかんをおろして鉄棒の渡しへ乗せた。香ばしい匂ひがした。「さア、その腰掛へかけて、ゆつくり弁当をつかつたらどうだね……」りよは立つて、リュックから弁当箱の風呂敷包みを出して、腰をかけた。「何の商売も楽ぢやアねえな、静岡の茶つて云ふのは、百匁いくら位するンだい?」男は手で鮭をひつくり返した。「売りは百二三十円つてとこなンですけど、屑も出ますし、高くしちやア仲々売れませンしね……」「さうさなア、年寄りでもゐる家なら買ふだらうが、若いもンの家ぢやあ、仲々骨だらう」りよは弁当を開いた。まつくろい麦飯に、頬差しの焼いたのが二尾と、味噌漬がはいつてゐる。「何かえ、お前さんの家はどこだえ？」「下谷の稲荷町なンですけどね、まだ東京へ来ましたばかりで、西も東も判らないンです」「ほう、間借りでもしてるンかい？」「いゝえ、一寸、身をよせてるところなンです……」男は汚れた毛糸の袋から、大きいアルマイトの弁当箱を出して蓋をとつた。薯飯がぎしつと押しつぶれる程詰めこんであつた。蓋の上に、焼けた鮭を手でつかんで入れると、またやかんをかけて、小さい木裂《こつぱ》を七輪につつこんだ。りよは、弁当の食べさしを腰掛に置いて、リュックから商売物の茶袋を引き出して、鼻紙に少し取りわけると、「これ、やかんに入れてかまひませんか？」と、尋ねた。男は恐縮したやうに手を振つて、「高いものをいゝのかね」と、にこつと笑つた。大きい皓い歯が若々しく見えた。りよはやかんの蓋をつまみあげて、茶をさつと湯気の中へ放つた。

ぐらぐらと茶は煮えたつて来た。男は棚から湯呑みと、汚れたコップを出して壁ぎはの新しい荷箱の上に置いた。「お前さん、旦那は何してるンだい？」男はさう云つて、鮭を半分手でむしつて、りよの飯の上に差し出した。りよはとまどひしながら、有難く鮭を貰つた。「主人はシベリアにゐるんですけど、まだ、戻つて来ませんので、こンな事でもしなくちや食べてゆけないンですわ」男は吃驚したやうに顔を挙げて、「ほう、旦那はシベリアのどこにゐるンだね？」と訊いた。

バイカルのスウチンと云ふところから、音信があつて、秋がすぎ、また今年の冬をやつと越した。りよは、毎朝眼が覚めて気が滅入ることも習慣になつてしまつてゐる。あまりに距離がありすぎるために、何の実感もないのだけれども、もう、その実感のないと云ふ事にもいまでは慣れて来てゐた。異国の丘と云ふ歌が流行してゐると云ふので、留吉に歌つて貰つたが、その歌を聴いてゐるうちに、りよは侘しくなつて来るのだ。自分の周囲にだけは、まだ、戦争気分が残つてゐるやうに思へた。遠ざかつて行く記憶のもやの中に、自分のところだけが、平和な色あひから取り残されてゐるやうなのだ。神様なンてあるものぢやないわ。りよは口癖のやうに云つてゐた。暑い季節には、毎日が焦々と待ちこがれてやりきれなくなり、少しづつその暑熱の気候があせてゆくと、冬の来るのが責められるやうに淋しかつた。人間の辛抱強さにも限度があるとりよは独りで怒つてゐた。シベリアで四度も冬を迎へる隆次のおもかげが、まるで幽霊のやうに段々痩せ細つて考へられて来る。

六年間と云ふもの、隆次が出征してからは、りよは飛び立つ思ひの幸福は一度もなかつた。歳月の速度は、りよの生活の外側で、何の感興もなく流れてゐるのだ。いまでは、誰も戦争の事は云はなくなり、たまに、良人はまだシベリアですと人に云ふと、その人は、まるで、使ひに行つたものが戻らないやうな気軽な同情しかよせてはくれない。シベリアと云ふところが、どんなところかは判らないけれども、りよには広い雪の沙漠のやうなところにしか空想出来ないのだ。

「バイカルのそばのスウチンと云ふところださうですけど、まだ戻れないンです……」「自分もシベリアからの引揚げでね、黒竜江に近いムルチで、二年ほどばつさいをやらされたンだがね。――人間、何でも運不運でね、旦那もそりやア大変だが、待つてるお前さんも大変な事だなア……」鉢巻を取つて、その男は、鉢巻の手拭で湯呑みとコップを拭いて煮えたぎる茶をついだ。「まア！　貴方も復員のかたなンですか？　でも、よく丈夫で、戻つて来られましたンですね？」「どうやら死にもせンで、日本へ戻れたと云ふもンさ……」りよは弁当箱をしまひながら、つくづくと男の顔を見た。平凡の男のやうに感じられるだけに、りよは気安く話が出来、居心地がよかつた。「子供さんあるのかね？」「えゝ、八ツになる男の子がありますけれど、いま、転入とか、学校の事でごたついてをりますンですよ。配給の手続きが遅れてゐるものですから、その手続きからしなくちやならないし、子供は学校へも上れない始末で、全く、商売で忙しいところへ、毎日手続きの事で区役所へまはつてへとへとなンです」

男はコップを取つて、熱い茶をふうふう吹きながら飲んでゐる。「美味い茶だね」「あら、さうですか？　もつといゝ茶があるンですけど、これは二番茶で、原価は一貫で八百円位なンです。――でも、案外美味いつてお客様はおつしやいますわ」りよも湯呑みを両の手に取つて熱い茶を吹きながら飲んだ。

いつか風向きが変つて、西風が強く吹きつけて、トタン屋根をぴよぴよ鳴らしてゐた。りよは外へ出るのが心細い気がして、少しでも火のそばにゐたい気がした。「二百匁ほど買つとくかな……」男はさう云つて、仕事着のポケットから三百円出した。「あら、お買ひにならなくても、私、二百匁位なら差しあげますわ」りよは、急いで百匁袋を二本出して、荷箱の上へ乗せた。「なアに、商売は商売だね。ただ貰ふつてわけにやゆかないよ。――また、このあたりに来たら寄つて行きなさい」「えゝ、もう、そりやア寄らせていたゞきますとも……こゝにお住ひなンぢやございませンのでせう？」りよは狭い小舎の中を見まはした。男は弁当箱をしまふと、木裂《こつぱ》の細かくさゝけたところをはがして、それを妻楊枝にしながら、「こゝに住んでるンだよ。こゝの鉄材の番人兼運送係りつて仕事で、飯だけ近所の姉のところから運んで貰つてるンさ……」さう云つて、男は神棚の下の扉を開けた。押入れのやうなところにベッドが出来てゐて、板壁に山田五十鈴のヱハガキが鋲でとめてあつた。「まア！　便利に出来てゐますのね？　気楽でせうね……」りよは、この男はいくつ位だらうと思つた。

その日からりよは四ツ木へ商売に来るやうになり、この鉄材置場の小舎へ寄ることになつた。男は鶴石芳雄と云ふ名前だと云ふ事も知つた。鶴石は、りよの来訪をよろこび、甘いものを買つたりして待つてゐることもあつた。鶴石のところへ寄れる愉しみが出来たと同時に、少しづつ茶を買つてくれるなじみも出来て、このあたりを歩く商売も楽になつた。りよは、五日目には留吉を連れて四ツ木の鶴石の小舎へ出掛けて行つた。鶴石は留吉を見ると、とてもよろこんで、留吉を連れてどこかへ出掛けて行つたが、暫くしてまだ熱いカルメ焼きの大きいのを二つ留吉が持つて戻つて来た。

「これ、坊やがふくらかしたンだな……」鶴石はさう云つて、留吉の頭をなでながら腰掛にかけさせた。りよは、鶴石に細君があるのかどうかと思ふやうになつてゐた。それは別に大した思ひかたではなかつたけれども、留吉も可愛がつてくれる鶴石を見て、ふつと、りよはさう思つたのである。りよは良人の事以外は三十歳になる今日まで考へた事もなかつたけれども、鶴石ののんびりした気心を知るやうになると、鶴石への自分の感情が、少しづつ妙な風に変つて来てゐるやうにも感じられた。りよはこの頃、なりふりも少しづつかまふやうになり、商売にも身を入れて歩くやうになつた。茶のほかに、静岡の親類から鯖や鰮のけづり節も送つて貰つて、それも一緒に売つてみたが、むしろ、茶の方より、けづり節の方が案外よくさばけて行く時もあつた。

りよが鶴石のところへ行き出して、七八日たつた頃であつたらうか。まだ浅草を見た事がないと云ふ、りよと留吉を案内して、鶴石が一日休みがあるので、二人を連れて行つてやらうと云ひ出した。桜には、まだ早かつたが、時間があつたら上野公園も歩いてみようと云ふので、約束の日に、りよは鶴石に教へられた通り、上野駅のなかの、旅行案内所の前に留吉と立つて待つてゐた。半晴半曇のどんよりした日であつたが、雨さへなければおだやかな日である。十分位もして、鶴石がゆきたけのつまつた灰色の古ぼけた背広姿でやつて来た。

りよは青い波模様の、着物地でつくつたワンピースに、これも綿入りの薄茶の背広の上着を着て、何となくおめかしをして留吉の手を引いてゐた。不断より若く見えたし、ひどく背の高い鶴石と並ぶと、りよは洋服のせゐか女学生のやうに背がひくく見えた。

「雨が降らなきやいゝがなあア……」鶴石は人ごみの中を、気軽に留吉を抱きあげて歩いた。りよは大きな買物袋をさげて、それにパンや、のり巻きや、夏みかんを入れてさげてゐた。地下鉄で浅草の終点まで行き、松屋の横から二天門の方へ歩いて、仲店の中へはいつて行つた。

りよは、浅草と云ふところは、案外なきたいはづれな気がした。朱塗りの小さい御堂が、あの有名な浅草の観音様なのかとがつかりしてゐる。昔は見上げるやうに巨きいがらんだつたのだと、鶴石が説明してくれたけれども、少しも巨きかつたと云ふ実感が浮いて来ない。只、ぞろぞろと人の波である。この小さい朱塗りの御堂を囲んで人々がひしめきあつてゐる。トランペットやサキソオホンの物哀しい誘ふやうな音色が遠くでしてゐた。公園の広場の焼け跡の樹木は、芽をはらんだ梢を風に鳴らして、ざわざわと荒い風にあへいでゐる。

古着市場のアーチを抜けると、食物屋のバラックが池のぐるりにぎつしり建つてゐた。油のこげつく匂ひや、関東煮の大鍋の湯気が四囲にこもつてゐた。留吉は箸の先に盛りあげた黄いろい綿菓子を鶴石に露店で買つて貰つて、しやぶりながら歩いてゐる。——かりそめのめぐりあひとは云へ、りよは十年も一緒に鶴石とゐるやうな気がして力丈夫だつた。少しも疲れなかつた。映画館やレヴィュー小舍が軒をつらねてゐる。アメリカ風な絵看板が、みんな唸つて迫つてくるやうな大きい建物の谷間を、三人はぶらぶら歩いた。「雨が降つてきたね」鶴石が片手をあげたので、りよも空へ顔をむけた。大粒の雨が降つてきた。折角の遊山も台なしだと思ひながら、りよ達はメリーと硝子行灯の出てゐる小さい喫茶店にはいつて行つた。思ひがけなく桜の造花が天井からさがつてゐるのが案外寒々しく見えた。紅茶を取つて、りよはのり巻きやパンを出して鶴石や留吉に食べさせてやつた。鶴石は煙草を吸はなかつたので食事も案外早く済んだが、雨は本格的になり、雨宿りの客もいつの間にかいつぱいたてこんできた。

「どうしませう？　随分な雨になりましたね……仲々あがりさうもないわ」「一寸待つて小降りになつたら送つてあげるよ」送つてあげると云ふのは、稲荷町のりよの家の事であらうかと思つた。りよの家へは送つて貰つたところで、鶴石を家へあげるわけにもゆかないのである。同郷の知りあひへ、部屋がみつかるまで腰かけにおいて貰つてゐるのだつた。寝る時は玄関の二畳にやすむので、自分の部屋といふものがない。りよは稲荷町よりも、四ツ木の鶴石のところへ行きたかつたのだけれども、鶴石の小舎には、満足に腰掛もないのでしみじみと落ちつくといふわけにもゆかない。

りよは鶴石に見られないやうに、買物袋の中の財布をしらべてみた。七百円ばかりの金があつたので、これで、どこか雨宿りさせてくれる宿屋のやうなところはないものかと思つた。「どこか、宿屋みたいなところはないでせうか？」宿屋はないかと云はれて、鶴石は妙な顔をしてゐた。りよは、遠慮しないで、自分の家のことを正直に話した。「だから、私、このまゝで帰りたくないンですの。

映画も見て、小さい旅館でもあつたら、そこで、休んで、おそばでも取つて貰つて、愉しくさよならしたいンですけど……ぜいたくかしらね」鶴石も同じやうな事を考へてゐたと見えて、自分の上着をぬぐと、それを留吉の頭からかぶせて、りよと雨の中へ出て行き、近くの映画館の軒下へ走り込んだ。——映画は椅子もなく立つて見なければならなかつたので、人いきれと立つてゐるのでへとへとになり、留吉はいつか鶴石の背中でぐつすり眠つてしまつてゐた。早く旅館へ行つた方がいいと云ふので、一時間位して、映画館を出ると篠つく雨の中を旅館を探して歩いた。芭蕉の葉を叩くやうな音で、雨は四囲に激しく鳴つてゐる。やつと、田原町の近くに小さい旅館を見つけた。節穴だらけのぎしぎしとなる廊下の突きあたりに狭い部屋があり、そこへりよ達は通された。べとついた柔い畳が、気持ちが悪かつた。

りよは濡れたソックスをぬいだ。留吉は床の間の前にごろりと寝ころがして置いた。鶴石が汚れた座蒲団を留吉の枕にしてやつてゐる。樋もないのか、膨脹した水の音が、ばしやばしやと軒にあふれて滝になつてゐた。鶴石は黄いろくなつてゐるハンカチを出して、りよの髪の毛を拭いてやつた。自然なしぐさだつたので、りよも何気なくその好意に甘えた。雨音のなかに眇《すが》めるやうな幸福な思ひがりよの胸に走つてくる。なぜ愉しいのだらう……。長い間の閉ぢこめられた人間の孤独が、笛のやうにひゆうと鳴るやうな気がして来る。「こんな処で、食べ物を取つてくれるかな?」「さうね、私、訊いてくるわ……」りよは廊下へ出て茶を持つて来た洋服姿の女中に尋ねてみた。中華そばならとれると云ふので、それを二つ頼んだ。

茶を飲みながら、二人は火のない箱火鉢を真中にして暫く向きあつてゐた。鶴石は足を投げ出して、留吉のそばに横になつた。りよは少しづつ昏くなりかけてゐる雨空を窓硝子越しに見てゐた。「おりよさんはいくつだね?」突然鶴石がこんな事を聞いた。りよは顔を鶴石の方へ向けてくすりと笑つた。「女の年は判らないよ。二十六七かね?」「もう、お婆さんですよ。三十です」「ほう、自分より一つ上だ……」「まア! 若いのねえ、私、鶴石さんは三十越してンだと思つたわ」りよは珍しさうに鶴石の顔をみつめた。鶴石は眉の濃い人のいゝ眼もとをちらと染めるやうに輝かせて、投げ出した自分の汚れ足をみてゐた。鶴石も靴下をぬいでゐる。

雨は夜になつてもやまなかつた。

遅くなつて、冷えた中華そばが二つ来たので、りよは留吉をゆり起して、眠がる留吉に汁を吸はせたりした。——二人は泊つて行くことに話をきめた。鶴石が帳場へ行つて、泊り賃を払つてきてくれた様子で、案外こざつぱりした夜具が三枚運ばれてきた。りよが蒲団を敷いた。部屋の中が蒲団でいつぱいになるやうな感じである。留吉のジャケツだけをぬがせて、厠へ用をたしに連れてゆき、蒲団の真中に寝かせた。「夫婦者だと思ってるね」「さうね。お気の毒さまですね……」りよは蒲団を見たせゐか、何となく胸さわぎがして、良人に済まないやうな気がしてゐる。さきの事は判らないけれども、雨が降るから、仕方なくこんな風になつたと思ひたかつたし、心で、そンな云ひわけをしてゐた。

　夜中になつて、りよがいゝ気持ちにうとうとしてゐると「おりよさんおりよさん」と、鶴石の呼ぶ声がした。りよがはつと枕から顔を挙げると、「おりよさん、そつちに行つてもいゝかい？」と鶴石がさゝやくやうに云つた。雨脚が少し弱まつて、軒の水音もたえだえにきこえる。「いけないわ……」「やつぱり、いけないかね？」「えゝ、困るわ……」鶴石は深い溜息をついた。「ねえ、鶴石さんは、私、聞かなかつたけど、奥さんはどうなすつて？」「いまゐないよ」「前はあつたの？」「あゝ」「その方、どうなすつて……」「兵隊から戻つたら、別の男と一緒に暮してゐたよ」「貴方、怒つたでせう？」「うん、まアね、やつぱり怒つたね。──だけど、行つちまつたものは仕方がないね……」「さうね、でも、よくあきらめられたわね……」鶴石はまた暫く黙つてゐた。「何か話しませうか？」「うん、別に話をする事もないよ。……あの、中華そばはまづかつたなア」「……えゝ、本当ね、一杯百円だなンて……」「君達も、部屋があるといゝね……」「えゝ、鶴石さんの近くになりたいわ……私、鶴石さんのそばに引越したいわ……」「まづ、ないね。そりやア、あつたらすぐ話してやるさ。──おりよさんは偉いなア」「あら、どうして？」「偉いよ。女はみンなだらしがないつてわけでもねえンだな」りよが黙つた。一緒に抱きあつてみたい気がした。そして……。りよは鶴石に知れないやうに、少しづつ、ちぎつて捨てるやうな苦しい溜息をついた。腋の下が熱くなつて来た。家をゆすぶるやうにトラックが往来を走つて行く。「戦争つて奴は、人間を虫けらみたいにしちまつたね。大真面目で狂人みたいな事をやつてたンだからなア。自分は二等兵で終つたが、よく殴られたもンだよ。もう、二度なンか厭だなア……」「鶴石さん、お父さんやお母さんは……」「田舎にゐるよ」「田舎は、どこ？」「福岡だよ」「お姉さんは何してるの？」「おりよさんみてえに独りで、子供二人そだててる。ミシン一台持つて洋裁やつてるよ。亭主は華中で早く戦死したンだ……」鶴石は、少しばかり気が持ちなほつたのか、話声もおだやかになつた。

りよはかうした夜の明けてゆくのがをしまれてならない。鶴石があきらめてくれたのだと思ふと気の毒な気がした。まんざら始めから知らない人間なら、かうしたことも何でもないのかも知れない。鶴石は、りよの良人については一言も訊いてくれようとはしなかつた。

「あゝ、何だか眼がさえちやつて寝られねえなア……どうも、馴れねえ事はするもンぢやねえよ……」「あら、鶴石さん、貴方、遊びに行つた事はないの？」「そりやア、男だもの、あるさ。玄人ばかりが相手だ」「男は、いゝわねえ……」りよは、男はいゝわねと、つい口に出したが、さう云ふか云はないうちに、鶴石がさつと起きて来て、りよのそばへ重くのしかゝつて来た。蒲団の上からであつたので、りよは男の力いつぱいで押される情熱に任せてゐた。りよは黙つたまゝ暗闇の中に眼をみはつてゐる、鶴石の黒い頭がりよの頬の上に痛かつた。ぱあつと、瞼の裏に虹が開くやうな光が射した。りよの小鼻のあたりに鶴石の不器用な熱い唇が触れる。

「駄目か……」りよは蒲団の中で脚をつつぱつてゐた。ひどい耳鳴りがした。「いけないわ……私シベリアの事を考へるのよ」りよは思ひもかけない、悪い事を云つたやうな気がした。鶴石は変なかつかうで蒲団の上に重くのしかゝつたまゝぢいつとしてしまつた。頭を垂れて、神に平伏してゐるやうな森閑としたかつかうだつた。りよは一瞬、済まないやうな気がした。暫くして力いつぱいで鶴石の熱い首を抱いてやつた。

二日ほどして、りよは、留吉を連れていそいそと四ツ木の鶴石のところへ出掛けて行つた。何時もその時刻には、小舎の硝子戸のところに、鉢巻をして立つてゐてくれる鶴石が今日は見えなかつた。りよは不思議な気がして、留吉をさきに走らせてみた。「知らない人がゐるよツ」留吉がさう云つて走つて戻つた。りよは胸さわぎがした。入口のところへ行つて小舎の中をのぞくと、若い男が二人で、押入れの鶴石のベッドを片づけてゐるところである。「何だい、をばさん……」眼の小さい男が振り返つて尋ねた。「鶴石さんはいらつしやいますか?」「鶴さん、昨夜、死んぢやつたよツ」「まア!」りよは、まア! と云つたきり声も出なかつた。煤ぼけた神棚にお光《あか》りがあがつてゐるのも妙だと思つたけれども、まさか鶴石が死んだ為とは思はなかつた。

鶴石が、鉄材をのつけたトラックに乗つて、大宮からの帰り、何とかと云ふ橋の上から、トラックが河へまつさかさまに落ちて、運転手もろとも死んでしまつたのだと教へてくれた。今日、会社のものや、鶴石の姉が大宮で鶴石の死骸をだびにふして、明日の朝は戻つて来ると云ふのである。りよは呆然としてしまつた。呆んやりして、二人の男の片づけ事を見てゐると、棚の上にりよが初めの日に買つて貰つた茶袋が二本並んでゐた。一本は半分ほどのところで袋が折り曲げてあつた。「をばさん、鶴さんとは知り合ひかい？」「えゝ、一寸知つてるもンですから……」「いゝ人間だつたがなア……何も大宮まで行く事はなかつたンだよ。つい、誘はれて昼過ぎから出掛けちやつたンだ。わざわざ復員して来て、馬鹿みちまつたと云ふもンだなア……」肥えた方が、山田五十鈴のヱハガキをはづして、ぷつとヱハガキの埃を口で吹いた。りよは呆んやりしてしまつた。七輪もやかんも長靴もそのまゝで、四囲は少しも変つてはゐない。黒板に眼がいくと、赤いチョークで、リヨどの、二時まで待つた、と下手な字で書いてあつた。りよは留吉の手を取つて、重いリュックをゆすぶりあげながら、板塀を曲つたが急にじいんと鼻の奥がしびれる程熱い涙があふれて来た。「をぢさん死んぢやつたの？」「うん……」「どこで死んだンだらう……」「河へはまつちやつたンだとさ……」りよは歩きながら泣いた。涙が噴いて眼が痛くなるほど泣いた。

りよと留吉が浅草へ出たのは二時頃であつた。駒形の橋の見える方へ出て、河添ひに白鬚の方へ歩いた。こゝが隅田川と云ふのだらうと、りよは青黒い海のやうな水を見て歩いた。——もしもの事があつて、子供が出来たら困ると云つたら、鶴石はどんな責任でも負ふから心配しないでくれと云つて、あの朝別れる時に、鶴石はりよに、毎月二千円づつ位は、自分にもめんだうをみせてくれと云つた。鉛筆をなめながら、小さい帳面にりよの稲荷町の住所を書きとめてゐた。別れしなに、鶴石は田原町の洋品屋で留吉にネーム入りの野球帽子を買つてくれたりした。雨のあがつたぬかるみの電車通りを、やつとミルクホールを探しあてて三人で一本づつ牛乳を註文して飲んだ。

りよは河風に吹かれながらぶらぶらと河ぶちを歩きながら思ひ出してゐるのだ。白鬚のあたりに水鳥が淡く群れ立つてゐた。青黒い流れの上を、様々な荷船が往来してゐた。りよはシベリアの良人のおもかげよりも、色濃く鶴石のおもかげの方が、はつきりと浮んで来る。「お母ちやん、漫画買つてくれよ」「あとで買つてやるよ」「さつき、いつぱい本のある店の前通つたね……」「さうかい」「見なかつた?」りよはまた後へ引きかへした。どこを歩いていゝのかわけが判らない。二度とあゝした男にめぐりあふ事はあるまいと思へた。「お母ちやん、何か食べようよ」りよは次から次とねだつて来る留吉が急に癪にさはつて来る。白い野球帽子の赤いネームのがかはいかつた。どこへ行くあてもなかつた。りよは、河ぶちのしもたや風なバラックの家々を眺めて、家のある人達が羨ましかつた。二階に蒲団を干してあるのが眼について、りよはその家の格子を開けた。「静岡のお茶でございますけど、香りのいゝお茶、如何でございますか?」と、愛嬌のいゝ声で呼んだ。返事がないので、もう一度りよが呼ぶと、正面の梯子段の上から、「いらないよツ」とつつけんどんな若い女の声がした。りよはまたその隣りの家の硝子戸を開ける。「静岡のお茶でございますが……」「はい、いりませんよオ」玄関わきの部屋から男の声で断わられた。りよは一軒々々根気よく玄関に立つたが、一軒もりよに荷をおろせと云ふ家はなかつた。留吉はぐづりながらりよの後から歩いて来る。淋しみをまぎらすために、りよは誰も買つてくれなくても、一軒づつ戸口に立つのが面白かつた。乞食よりはましだと思つた。二貫目あまりのリュックは相当肩にしびれて来る。りよはリュックのベルトのあたる肩のところへ、手拭を一筋づつあててゐた。

翌る日、りよは、留吉を家に置いて、一人で四ツ木へ出掛けた。子供を連れてゐないせゐかしみじみと独りで鶴石の事を思ふ自由があつた。板塀を曲ると、思ひがけなく小舎の中で火が弾ぜてゐる。りよは、最初の日のことがなつかしくリュックをずりあげながら硝子戸に近よつて行つた。はつぴを着た年を取つた男が七輪に薪を燃やしてゐた。いぶつた煙がもうもうと小さい窓から噴いてゐた。「何だね?」その男が、煙にむせながらこつちをむいた。「お茶を売りに来てたもンです……」「あゝお茶はまだ上等なのが沢山あるからいらねえよ……」りよは硝子戸へ手をかけてゐたのをやめて、すつと小舎から離れた。あの小舎の中へ這入つてみたところでどうにもなるものではないのだ。あの老人に聞いて、鶴石の姉の家を尋ねて、せめて線香の一本でもそなへて来たいとも考へないではなかつたのだけれども、りよはそれもあきらめてしまつた。どうなるものでもないのだ。いまは、何も彼ももののうい気がした。何の聯想からか、りよは、鶴石の子供をもしも、みごもるやうな事があつたら、生きてはゐられないやうな気がして来た。シベリアから何時かは良人は戻つて来てくれるだらうけれども、もしもの事があつたら死ぬより仕方がないやうにも考へられて来る。——だが、珍しく四囲は明るい陽射しで、河底の乾いた堤の両側には、燃えるやうな青草が眼に沁みた。りよの良心は案外傷つかなかつた。鶴石を知つた事を悪いと云つた気は少しもなかつた。

行商をしてみて、茶が売れなかつたら清水へ帰るつもりで、上京して来たのだけれども、りよは、商売があつても、なくても東京がいゝと思つたし、のたれ死しても東京の方がいまはいゝのだ。

りよは堤の青草の上に腰を降ろした。眼の下の、コンクリートのかけらのそばに、仔猫の死骸が向うむきに捨ててあつた。りよはすぐ立つて肩の荷をゆすぶりあげて駅の方へ歩いた。ふつと横路地をはいると、玄関の硝子格子に、板の打ちつけてある貧しげな家へ声をかけた。「静岡のお茶はいりませんでせうか?」「さうね、いくら? 高いのでせう?」りよが格子を開けると、足袋の芯縫ひを内職にしてゐるらしく、二三人の女がこつちを向いた。「一寸待つて下さいな。今空罐探してみますからね」と、次の間へ小柄な女が消えて行つた。自分と同じやうな女達がせつせと足袋底を縫つてゐる。時々針が光つた。

陰火

太宰治

BIG APPLE

誕生

二十五の春、そのひしがたの由緒ありげな學帽を、たくさんの希望者の中でとくにへどもどまごつきながら願ひ出たひとりの新入生へ、くれてやつて、歸郷した。鷹の羽の定紋うつた輕い幌馬車は、若い主人を乘せて、停車場から三里のみちを一散にはしつた。からころと車輪が鳴る、馬具のはためき、馭者の叱咤、蹄鐵のにぶい響、それらにまじつて、ひばりの聲がいくども聞えた。

北の國では、春になつても雪があつた。道だけは一筋くろく乾いてゐた。田圃の雪もはげかけた。雪をかぶつた山脈のなだらかな起伏も、むらさきいろに萎えてゐた。その山脈の麓、黄いろい材木の積まれてあるあたりに、低い工場が見えはじめた。太い煙突から晴れた空へ煙が青くのぼつてゐた。彼の家である。新しい卒業生は、ひさしぶりの故郷の風景に、ものうい瞳をそつと投げたきりで、さもさもわざとらしい小さなあくびをした。

さうして、そのとしには、彼はおもに散歩をして暮した。彼のうちの部屋部屋をひとつひとつ廻つて歩いて、そのおのおのの部屋の香をなつかしんだ。洋室は藥草の臭氣がした。茶の間は牛乳。客間には、なにやら恥かしい匂ひが。彼は、表二階や裏二階や、離れ座敷にもさまよひ出た。いちまいの襖をするするあける度毎に、彼のよごれた胸が幽かにときめくのであつた。それぞれの匂ひはきつと彼に都のことを思ひ出させたからである。

彼は家のなかだけでなく、野原や田圃をもひとりで散歩した。野原の赤い木の葉や田圃の浮藻の花は彼も輕蔑して眺めることができたけれども、耳をかすめて通る春の風と、ひくく騒いでゐる秋の滿目の稻田とは、彼の氣にいつてゐた。

寢てからも、むかし讀んだ小型の詩集や、眞紅の表紙に黑いハムマアの畫かれてあるやうな、そんな書物を枕元に置くことは、めつたになかつた。寢ながら電氣スタンドを引き寄せて、兩のてのひらを眺めてゐた。手相に凝つてゐたのである。掌にはたくさんのこまかい皺がたたまれてゐた。そのなかに三本の際だつて長い皺が、ちりちりと横に並んではしつてゐた。この三つのうす赤い鎖が彼の運命を象徵してゐるといふのであつた。それに依れば、彼は感情と智能とが發達してゐて、生命は短いといふことになつてゐた。おそくとも二十代には死ぬるといふのである。

その翌る年、結婚をした。べつに早いとも思はなかつた。美人でさへあれば、と思つた。華やかな婚禮があげられた。花嫁は近くのまちの造り酒屋の娘であつた。色が淺黑くて、なめらかな頰にはうぶ毛さへ生えてゐた。編物を得意としてゐた。ひとつき程は彼も新妻をめづらしがつた。

そのとしの、冬のさなかに父は五十九で死んだ。父の葬儀は雪の金色に光つてゐる天氣のいい日に行はれた。彼は袴のももだちをとり、藁靴はいて、山のうへの寺まで十町ほどの雪道をぱたぱた歩いた。父の柩は輿にのせられて彼のうしろへついて來た。そのあとには彼の妹ふたりがまつ白いヴエルで顏をつつんで立つてゐた。行列は長くつづいてゐた。

父が死んで彼の境遇は一變した。父の地位がそつくり彼に移つた。それから名聲も。さすがに彼はその名聲にすこし浮はついた。工場の改革などをはかつたのである。さうして、いちどでこりごりした。手も足も出ないのだとあきらめた。支配人にすべてをまかせた。彼の代になつて、かはつたのは、洋室の祖父の肖像畫がけしの花の油畫と掛けかへられたことと、まだある、黒い鐵の門のうへに佛蘭西風の軒燈をぼんやり灯した。

すべてが、もとのままであつた。變化は外からやつて來た。父にわかれて二年目の夏のことであつた。そのまちの銀行の様子がをかしくなつたのである。もしものときには、彼の家も破産せねばいけなかつた。

救濟のみちがどうやらついた。しかし、支配人は工場の整理をもくろんだのである。そのことが使用人たちを怒らせた。彼には、永いあひだ氣にかけてゐたことが案外はやく來てしまつたやうな心地がした。奴等の要求をいれさせてやれ、と彼はわびしいよりむしろ腹立たしい氣持ちで支配人に言ひつけた。求められたものは與へる。それ以上は與へない。それでいいだらう？　と彼は自身のこころに尋ねた。小規摸の整理がつつましく行はれた。

その頃から寺を好き始めた。寺は、すぐ裏の山のうへでトタンの屋根を光らせてゐた。彼はそこの住職と親しくした。住職は痩せ細つて老いぼれてゐた。けれども右の耳朶がちぎれてゐて黒い痕をのこしてゐるので、ときどきは兇惡な顔にも見えた。夏の暑いまさかりでも、彼は長い石段をてくてくのぼつて寺へかよふのである。庫裡の縁先には夏草が高くしげつてゐて、鶏頭の花が四つ五つ咲いてゐた。住職はたいてい晝寢をしてゐるのであつた。彼はその縁先からもしもしと聲をかけた。時々とかげが縁の下から青い尾を振つて出て來た。

彼はきやうもんの意味に就いて住職に問ふのであつた。住職はちつとも知らなかつた。住職はまごついてから、あはははと聲を立てて笑ふのであつた。彼もほろにがく笑つてみせた。それでよかつた。ときたま住職へ怪談を所望した。住職は、かすれた聲で二十いくつの怪談をつぎつぎと語つて聞せた。この寺にも怪談があるだらう、と追及したら、住職は、とんとない、と答へた。

それから一年すぎて、彼の母が死んだ。彼の母は父の死後、彼に遠慮ばかりしてゐた。あまりおどおどして、命をちぢめたのである。母の死とともに彼は寺を厭いた。母が死んでから始めて氣がついたことだけれども、彼の寺沙汰は、母への奉仕を幾分ふくめてゐたのであつた。

母に死なれてからは、彼は小家族のわびしさを感じた。妹ふたりのうち、上のは、隣のまちの大きい割烹店へとついでゐた。下のは、都の、體操のさかんな或る私立の女學校へかよつてゐて、夏冬の休暇のときに歸郷するだけであつた。黒いセルロイドの眼鏡をかけてゐた。彼等きやうだい三人とも、眼鏡をかけてゐたのである。彼は鐵ぶちを掛けてゐた。姉娘は細い金ぶちであつた。

彼はとなりまちへ出て行つてあそんだ。自分の家のまはりでは心がひけて酒もなんにも飲めなかつた。となりのまちでささやかな醜聞をいくつも作つた。やがてそれにも疲れた。

子供がほしいと思つた。少くとも、子供は妻との氣まづさを救へると考へた。彼には妻のからだがさかなくさくてかなはなかつた。鼻に附いたのである。

三十になつて、少しふとつた。毎朝、顔を洗ふときに兩手へ石鹸をつけて泡をこしらへてゐると、手の甲が女のみたいにつるつる滑つた。指先が煙草のやにで黄色く染まつてゐた。洗つても洗つても落ちないのだ。煙草の量が多すぎたのである。一日にホープを七箱づつ吸つてゐた。

そのとしの春に、妻が女の子を出産した。その二年ほどまへ、妻が都の病院に凡そひとつきも祕密な入院をしたのであつた。

女の子は、ゆりと呼ばれた。ふた親に似ないで色が白かつた。髪がうすくて、眉毛はないのと同じであつた。腕と脚が氣品よく細長かつた。生後二箇月目には、體重が五瓩、身長が五十八糎ほどになつて、ふつうの子より發育がよかつた。

生れて百二十日目に大がかりな誕生祝ひをした。

紙の鶴

「おれは君とちがつて、どうやらおめでたいやうである。おれは處女でない妻をめとつて、三年間、その事實を知らずにすごした。こんなことは口に出すべきではないかも知れぬ。いまは幸福さうに編物へ熱中してゐる妻に對しても、むざんである。また、世の中のたくさんの夫婦に對しても、いやがらせとなるであらう。しかし、おれは口に出す。君のとりすました顏を、なぐりつけてやりたいからだ。

おれは、ヴアレリイもプルウストも讀まぬ。おほかた、おれは文學を知らぬのであらう。知らぬでもよい。おれは別なもつとほんたうのものを見つめてゐる。人間を。人間といふ謂はば市場の蒼蠅を。それゆゑおれにとつては、作家こそすべてである。作品は無である。

どういふ傑作でも、作家以上ではない。作家を飛躍し超越した作品といふものは、讀者の眩惑である。君は、いやな顏をするであらう。讀者にインスピレエシヨンを信じさせたい君は、おれの言葉を卑俗とか生野暮とかといやしめるにちがひない。そんならおれは、もつとはつきり言つてもよい。おれは、おれの作品がおれのためになるときだけ仕事をするのである。君がまさしく聰明ならば、おれのこんな態度をこそ鼻で笑へる筈だ。笑へないならば、今後、かしこさうに口まげる癖をよし給へ。

おれは、いま、君をはづかしめる意圖からこの小説を書かう。この小説の題材は、おれの恥さらしとなるかも知れぬ。けれども、決して君に憐憫の情を求めまい。君より高い立場に據つて、人間のいつはりない苦惱といふものを君の横面にたたきつけてやらうと思ふのである。

おれの妻は、おれとおなじくらゐの噓つきであつた。ことしの秋のはじめ、おれは一篇の小説をしあげた。それは、おれの家庭の仕合せを神に誇つた短篇である。おれは妻にもそれを讀ませた。妻は、それをひくく音讀してしまつてから、いいわ、と言つた。さうして、おれにだらしない動作をしかけた。おれは、どれほどのろまでも、かういふ妻のそぶりの蔭に、ただならぬ氣がまへを見てとらざるを得なかつたのである。おれは、妻のそんな不安がどこからやつて來たのか、それを考へて三夜をつひやした。おれの疑惑は、ひとつのくやしい事實にかたまつて行くのであつた。おれもやはり、十三人目の椅子に坐るべきおせつかいな性格を持つてゐた。

おれは妻をせめたのである。このことにもまた三夜をつひやした。妻は、かへつておれを笑つてゐた。ときどきは怒りさへした。おれは最後の奸策をもちゐた。その短篇には、おれのやうな男に處女がさづかつた歡喜をさへ書きしるされてゐるのであつたが、おれはその箇所をとりあげて、妻をいぢめたのである。おれはいまに大作家になるのであるから、この小説もこののち百年は世の中にのこるのだ。するとお前は、この小説とともに百年のちまで嘘つきとして世にうたはれるであらう、と妻をおどかした。無學の妻は、果しておびえた。しばらく考へてから、たうとうおれに囁いた。たつたいちど、と囁いたのである。おれは笑つて妻を愛撫した。わかいころの怪我であるゆゑ、それはなんでもないことだ、と妻に元氣をつけてやつて、おれはもつとくはしく妻に語らせるのであつた。ああ、妻はしばらくして、二度、と訂正した。それから、三度、と言つた。おれは尚も笑ひつづけながら、どんな男か、とやさしく尋ねた。おれの知らない名前であつた。妻がその男のことを語つてゐるうちに、おれは手段でなく妻を抱擁した。これは、みじめな愛慾である。同時に眞實の愛情である。妻は、つひに、六度ほど、と吐きだして聲を立てて泣いた。

その翌る朝、妻はほがらかな顔つきをしてゐた。あさの食卓に向ひ合つて坐つたとき、妻はたはむれに、兩手あはせておれを拜んだ。おれも陽氣に下唇を噛んで見せた。すると妻はいつそうくつろいだ様子をして、くるしい？　とおれの顔を覗いたでないか。おれは、すこし、と答へた。

おれは君に知らせてやりたい。どんな永遠のすがたでも、きつと卑俗で生野暮なものだといふことを。

その日を、おれはどうして過したか、これも君に教へて置かう。

こんなときには、妻の顔を、妻の脱ぎ捨ての足袋を、妻にかかはり合ひのある一切を見てはいけない。妻のそのわるい過去を思ひ出すからといふだけでない。おれと妻との最近までの安樂だつた日を追想してしまふからである。その日、おれはすぐ外出した。ひとりの少年の洋畫家を訪れることにきめたのである。この友人は獨身であつた。妻帯者の友人はこの場合ふむきであらう。

おれはみちみち、おれの頭腦がからつぽにならないやうに警戒した。昨夜のことが入りこむすきのないほど、おれは別な問題について考へふけるのであつた。人生や藝術の問題はいくぶん危險であつた。殊に文學は、てきめんにあのなまな記憶を呼び返す。おれは途上の植物について頭をひねつた。からたちは、灌木である。春のをはりに白色の花をひらく。何科に屬するかは知らぬ。秋、いますこし經つと黄いろい小粒の實がなるのだ。それ以上を考へつめると危い。おれはいそいで別な植物に眼を轉ずる。すすき。これは禾本科に屬する。たしか禾本科と教はつた。この白い穂は、をばな、といふのだ。秋の七草のひとつである。秋の七草とは、はぎ、ききやう、かるかや、なでしこ、それから、をばな。もう二つ足りないけれど、なんであらう。六度ほど。だしぬけに耳へささやかれたのである。おれはほとんど走るやうにして、足を早めた。いくたびとなく躓いた。この落葉は。いや、植物はよさう。もつと冷いものを。もつと冷いものを。よろめきながらもおれは陣容をたて直したのである。

　おれは、ＡプラスＢの二乘の公式を心のなかで誦した。そのつぎには、ＡプラスＢプラスＣの二乘の公式について、研究した。

　君は不思議なおももちを裝うておれの話を聞いてゐる。けれども、おれは知つてゐる。おそらくは君も、おれのやうな災難を受けたときには、いや、もつと手ぬるい問題にあつてさへ君の日ごろの高雅な文學論を持てあまして、數學はおろか、かぶと蟲いつぴきにさへとりすがらうとするであらう。

　おれは人體の内臟器官の名稱をいちいち數へあげながら、友人の居るアパアトに足を踏みいれた。友人の部屋の扉をノツクしてから、廊下の東南の隅につるされてある丸い金魚鉢を見あげ、泳いでゐる四つの金魚について、その鰭の數をしらべた。友人は、まだ寢てゐたのである。片眼だけをしぶくあけて、出て來た。友人の部屋へはひつて、おれはやうやくほつとした。

いちばん恐ろしいのは孤獨である。なにか、おしやべりをしてゐると助かる。相手が女だと不安だ。男がよい。とりわけ好人物の男がよい。この友人はかういふ條件にかなつてゐる。

おれは友人の近作について饒舌をふるつた。それは二十號の風景畫であつた。彼にしては大作の部類である。水の澄んだ沼のほとりに、赤い屋根の洋館が建つてゐる畫であつた。友人は、それを内氣らしくカンヴアスを裏がへしにして部屋の壁へ寄せかけて置いたのに、おれは、躊躇せずそれをまたひつくりかへして眺めたのである。おれはそのときどんな批評をしたのであらうか。もし、君の藝術批評が立派なものであるとしたなら、おれはそのときの批評も、まんざらではなかつたやうである。なぜと言つて、おれもまた君のやうに、一言なかるべからず式の批評をしたからである。モチイフについて、色彩について、構圖について、おれはひとわたり難癖をつけることができた。能ふかぎりの概念的な言葉でもつて。

友人はいちいちおれの言ふことを承認した。いやいや、おれは始めから友人に言葉をさしはさむ餘裕をさへ與へなかつたほど、おしやべりをつづけたのである。

しかし、かういふ饒舌も、しんから安全ではない。おれは、ほどよいところで打ち切つて、この年少の友に將棋をいどんだ。ふたりは寢床のうへに坐つて、くねくねと曲つた線のひかれてあるボオル紙へ駒をならべ、早い將棋をなんばんとなくさした。友人はときどき永いふんべつをしておれに怒られ、へどもどとまごつくのであつた。たとへ一瞬時でも、おれは手持ちぶさたな思ひをしたくなかつたのである。

こんなせつぱつまつた心がまへは所詮ながくつづかぬものである。おれは将棋にさへ危機を感じはじめた。やうやく疲勞を覺へたのだ。よさう、と言つて、おれは将棋の道具をとりのけ、その寢床のなかへもぐり込んだ。友人もおれとならんで仰向けにころがり煙草をふかした。おれは、うつかり者。休止は、おれにとつては大敵なのだつた。かなしい影がもうはや、いくどとなくおれの胸をかすめる。おれは、さて、さて、と意味もなく呟いては、その大きい影を追ひはらつてゐた。とてもこのままではならぬ。おれは動いてゐなければいけないのだ。

君は、これを笑ふであらうか。おれは寢床へ腹這ひになつて、枕元に散らばつてあつた鼻紙をいちまい拾ひ、折紙細工をはじめたのである。

まづこの紙を對角線に沿うて二つに折つて、それをまた二つに疊んで、かうやつて袋を作つて、それから、こちらの端を折つて、これは翼、こちらの端を折つて、これはくちばし、かういふ工合ひにひつぱつて、ここのちひさい孔からぷつと息を吹きこむのである。これは、鶴。」

橋へさしかかつた。男はここで引きかへさうと思つた。女はしづかに橋を渡つた。男も渡つた。女のあとを追つてここまで歩いて來なければいけなかつたわけを、男はあれこれと考へてみた。みれんではなかつた。女のからだからはなれたとたんに、男の情熱はからつぽになつてしまつた筈である。女がだまつて歸り仕度をはじめたとき、男は煙草に火を點じた。おのれの手のふるへてもゐないのに氣が附いて、男はいつそう白白しい心地がした。そのままほつて置いてもよかつたのである。男は女と一緒に家を出た。

二人は土堤の細い道を、あとになりさきになりしながらゆつくり歩いた。初夏の夕暮れことである。はこべの花が道の兩側にてんてんと白く咲いてゐた。

憎くてたまらぬ異性にでなければ關心を持てない一群の不仕合せな人たちがゐる。男もさうであつた。女もさうであつた。女はけふも郊外の男の家を訪れて、男の言葉の一つ一つに譯のわからぬ嘲笑を浴びせたのである。男は、女の執拗な侮蔑に對して、いまこそ腕力を用ゐようと決心した。女もそれを察して身構へた。かういふせつぱつまつたわなながが、二人のゆがめられた愛慾をあふりたてた。男の力はちがつた形式で行はれた。めいめいのからだを取り返へしたとき、二人はみぢんも愛し合つてゐない事實をはつきり知らされた。

かうやつて二人ならんで歩いてゐるが、お互ひに妥協の許さぬ反撥を感じてゐた。以前にました憎悪を。

土堤のしたには、二間ほどのひろさの川がゆるゆると流れてゐた。男は薄闇のなかで鈍く光つてゐる水のおもてを見つめながら、また、引きかへさうかしら、と考へた。女は、うつむいたまま道を眞直に歩いてゐた。男は女のあとを追つた。

みれんではない。解決のためだ。いやな言葉だけれど、あとしまつのためだ。男は、やつと言ひわけを見つけたのである。男は女から十歩ばかり離れて歩きながら、ステツキを振つてみちみちの夏草を薙ぎ倒してゐた。かんにんして下さい、とひくく女に囁けば、何か月なみの解決がつきさうにも思はれる。男はそれも心得てゐた。が、言へなかつた。だいいち時機がおくれてゐる。これは、その直後にこそ效果のある言葉らしい。ふたりが改めて對陣し直したいまになつて、これを言ひだすのは、いかにも愚かしくないか。男は青蘆をいつぽん薙ぎ倒した。

列車のとどろきが、すぐ背後に聞えた。女は、ふつと振りむいた。男もいそいで顏をうしろにねぢむけた。列車は川下の鐵橋を渡つてゐた。あかりを灯した客車が、つぎ、つぎ、つぎ、つぎと彼等の眼の前をとほつていつた。男は、おのれの背中にそそがれてゐる女の視線をいたいほど感じてゐた。男は、もう通り過ぎてしまつて、前方の森の蔭からその車輛のひびきが聞えるだけであつた。男は、ひと思ひに、正面にむき直つた。もし女と視線がかち合つたなら、そのときには鼻で笑つてから言つてやらう。日本の汽車もわるくないね。

女はけれども、よほど遠くをすたすた歩いてゐたのである。白い水玉をちらした仕立ておろしの黄いろいドレスが、夕闇を透して男の眼にしみた。このままうちへ歸るつもりかしら。いつそ、けつこんしようか。いや、ほんたうはけつこんしないのだが、あとしまつのためにそんな相談をしかけてみるのだ。

男はステツキをぴつたり小脇にかかへて、はしりだした。女へ近づくにつれて、男の決意がほぐれはじめた。女は痩せた肩をすこしいからせて、ちやんとした足どりで歩いてゐた。男は、女の二三歩うしろまではしつて來て、それからのろのろと歩いた。憎惡だけが感ぜられるのだ。女のからだぢゆうから、我慢できぬいやな臭ひが流れ出てくるやうに思はれた。

二人はだまつて歩きつづけた。道のまんなかにひとむれの川楊が、ぽつかり浮んだ。女はその川楊の左側を歩いた。男は右側をえらんだ。

逃げよう。解決もなにも要らぬ。おれが女の心に油ぎつた惡黨として、つまりふつうの男として殘つたとて、構はぬ。どうせ男はかういふものだ。逃げよう。

川楊のひとむれを通り越すと、二人は顏を合せずに、またより添つて歩いた。たつたひとこと言つてやらうか。おれは口外しないよ、と。男は片手で袂の煙草をさぐつた。それとも、かう言つてやらうか。令孃の生涯にいちど、奥樣の生涯にいちど、それから、母親の生涯にいちど、誰にもあることです。よいけつこんをなさい。すると、この女はなんと答へるのであらう。ストリンドベリイ？　と反問してくるにちがひない。男はマッチをすつた。女の蒼黒い片頬がゆがんだまま男のつい鼻の先に浮んだ。

　たうとう男はたちどまつた。女も立ちどまつた。お互ひに顔をそむけたまま、しばらく立ちつくしてゐたのである。男は女が泣いてもゐないらしいのをいまいましく思ひながら、わざと氣輕さうにあたりを見廻した。ぢき左側に男の好んで散歩に來る水車小屋があつた。水車は闇の中でゆつくりゆつくりまはつてゐた。女は、くるつと男に背をむけて、また歩きだした。男は煙草をくゆらしながら踏みとどまつた。呼びとめようとしないのだ。

尼

　九月二十九日の夜更けのことであつた。あと一日がまんをして十月になつてから質屋へ行けば、利子がひと月分まうかると思つたので、僕は煙草ものまずにその日いちにち寝てばかりゐた。晝のうちにたくさん眠つた罰で、夜は眠れないのだ。夜の十一時半ころ、部屋の襖がことことと鳴つた。風だらうと思つてゐたのだが、しばらくして、またことことと鳴つた。おや、誰か居るのかなとも思はれ、蒲團から上半身をくねくねはみ出させて腕をのばし襖をあけてみたら、若い尼が立つてゐた。

　中肉のやや小柄な尼であつた。頭は青青してゐて、顔全體は卵のかたちに似てゐた。頬は淺黒く、粉つぽい感じであつた。眉は地藏さまの三日月眉で、眼は鈴をはつたやうにぱつちりしてゐて、睫がたいへん長かつた。鼻はこんもりともりあがつて小さく、兩唇はうす赤くて少し大きく、紙いちまいの厚さくらゐあいてゐてそのすきまから眞白い齒列が見えてゐた。こころもち受け口であつた。墨染めのころもは糊つけしてあるらしく折目折目がきつちりとたつてゐて、いくらか短かめであつた。脚が三寸くらゐ見えてゐて、そのゴム毬みたいにふつくりふくらんだ桃いろの脚にはうぶ毛が薄く生えそろひ、足頸が小さすぎる白足袋のためにきつくしめつけられて、くびれてゐた。右手には青玉の珠數を持ち、左手には朱いろの表紙の細長い本を持つてゐた。

　僕は、ああ妹だなと思つたので、おはひりと言つた。尼は僕の部屋へはひり、靜かにうしろの襖をしめ、木綿の固いころもにかさかさと音を立てさせながら僕の枕元まで歩いて來て、それから、ちやんと坐つた。僕は蒲團の中へもぐりこみ、仰向けに寢たままで尼の顔をまじまじと眺めた。だしぬけに恐怖が襲つた。息がとまつて、眼さきがまつくろになつた。

「よく似てゐるが、あなたは妹ぢやないのですね。」はじめから僕には妹などなかつたのだな、とそのときはじめて氣がついた。「あなたは、誰ですか。」

　尼は答へた。

「私はうちを間違へたやうです。仕方がありません。同じやうなものですものね。」

恐怖がすこしづつ去つていつた。僕は尼の手を見てゐた。爪が二分ほども伸びて、指の節は黒くしなびてゐた。

「あなたの手はどうしてそんなに汚いのです。かうして寝ながら見てゐると、あなたの喉や何かはひどくきれいなのに。」

尼は答へた。

「汚いことをしたからです。私だつて知つてゐます。だからかうして珠數やお經の本で隱さうとしてゐるのです。私は色の配合のために珠數とお經の本とを持つて歩いてゐるのです。黒いころもには青と朱の二色がよくうつつて、私のすがたもまさつて見えます。」さう言ひながら、お經の本のペエジをぱらぱらめくつた。「讀みませうか。」

「ええ。」僕は眼をつぶつた。

「おふみさまです。夫《ソレ》人間《ニンゲン》ノ浮生《フジヤウ》ナル相《サウ》ヲツラツラ觀《クワン》ズルニ、オホヨソハカナキモノハ、コノ世《ヨ》ノ始中終《シチユウジユウ》マボロシノゴトクナル一期《イチゴ》ナリ、——てれくさくて讀まれるものか。べつなのを讀みませう。夫《ソレ》女人《ニヨニン》ノ身《ミ》ハ、五障三從《ゴシヤウサムシヨウ》トテ、オトコニマサリテカカルフカキツミノアルナリ、コノユヘニ一切《イチサイ》ノ女人《ニヨニン》ヲバ、——馬鹿らしい。」

「いい聲だ。」僕は眼をつぶつたままで言つた。「もつとつづけなさいよ。僕は一日一日、退屈でたまらないのです。誰ともわからぬひとの訪問を驚きもしなければ好奇心も起さず、なんにも聞かないで、かうして眼をつぶつてらくらくと話し合へるといふことが、僕もそんな男になれたといふことが、うれしいのです。あなたは、どうですか。」

「いいえ。だつて、仕方がありませんもの。お伽噺がおすきですか。」

「すきです。」

　尼は語りはじめた。

「蟹の話をいたしませう、月夜の蟹の痩せてゐるのは、砂濱《すなはま》にうつるおのが醜い月影におびえ、終夜ねむらず、よろばひ歩くからでありますｏ月の光のとどかない深い海の、ゆらゆら動く昆布の森のなかにおとなしく眠り、龍宮の夢でも見てゐる態度こそゆかしいのでせうけれども、蟹は月にうかされ、ただ濱邊へとあせるのです。砂濱へ出るや、たちまちおのが醜い影を見つけ、おどろき、かつはおそれるのです。ここに男あり、ここに男あり、蟹は泡をふきつつさう呟き呟きよろばひ歩くのです。蟹の甲羅はつぶれ易い。いいえ、形からして、つぶされるやうにできてゐます。蟹の甲羅のつぶれるときは、くらつしゆといふ音が聞えるさうです。むかし、いぎりすの或る大きい蟹は、生まれながらに甲羅が赤くて美しかつた。この蟹の甲羅は、いたましくもつぶされかけました。それは民衆の罪なのでせうか。またはかの大蟹のみづから招いたむくいなのでせうか。大蟹は、ひと日その白い肉のはみ出た甲羅をせつなげにゆさぶりゆさぶり、とあるカフヱへはひつたのでした。

カフヱには、たくさんの小蟹がむれつどひ、煙草をくゆらしながら女の話をしてゐました。そのなかの一匹、ふらんす生れの小蟹は、澄んだ眼をして、かの大蟹のすがたをみつめました。その小蟹の甲羅には、東洋的な灰色のくすんだ縞がいつぱいに交錯してゐました。大蟹は、小蟹の視線をまぶしさうにさけつつ、こつそり囁いたといふのです。『おまへ、くらつしゆされた蟹をいぢめるものぢやないよ。』ああ、その大蟹に比較すれば、小さくて小さくて、見るかげもないまづしい蟹が、いま北方の海原から恥を忘れてうかれ出た。月の光にみせられたのです。砂濱へ出てみて、彼もまたおどろいたのでした。この影は、このひらべつたい醜い影は、ほんたうにおれの影であらうか。おれは新しい男である。しかし、おれの影を見給へ。もうはや、おしつぶされかけてゐる。おれの甲羅はこんなに不格好なのだらうか。こんなに弱弱しかつたのだらうか。小さい小さい蟹は、さう呟きつつよろばひ歩くのでした。おれには、才能があつたのであらうか。いや、いや、あつたとしても、それはをかしい才能だ。世わたりの才能といふものだ。お前は原稿を賣り込むのに、編輯者へどんな色目をつかつたか。あの手。この手。泣き落しならば目ぐすりを。おどかしの手か。よい着物を着やうよ。作品に一言も注釋を加へるな。退屈さうにかう言ひ給へ。『もし、よかつたら。』甲羅がうづく。からだの水氣が乾いたやうだ。この海水のにほひだけが、おれのたつたひとつのとりえだつたのに。潮の香がうせたなら、ああ、おれは消えもいりたい。もいちど海へはひらうか。海の底の底の底へもぐらうか。なつかしきは昆布の森。遊牧の魚の群。小蟹は、あへぎあへぎ砂濱をよろばひ歩いたのでした。浦の苫屋のかげでひとやすみ。腐りかけたいさり舟のかげでひとやすみ。この蟹や。何處《いづく》の蟹。百傳《ももづた》ふ。角鹿《つぬが》の蟹。横去《よこさら》ふ。何處《いづく》に到る。……」口を噤んだ。

「どうしたのです。」僕はつぶつてゐた眼をひらいた。

「いいえ。」尼はしづかに答へた。「もつたいないのです。これは古事記の、…………。罰があたりますよ。はばかりはどこでせうかしら。」

「部屋を出て、廊下を右手へまつすぐに行きますと杉の戸板につきあたります。それが扉です。」

「秋にもなりますと女人は冷えますので。」さう言つてから、いたづら兒のやうに頸をすくめ兩方の眼をくるくると廻して見せた。僕は微笑んだ。

尼は僕の部屋から出ていつた。僕はふとんを頭からひきかぶつて考へた。高邁なことがらについて思案したのではなかつた。これあ、まうけものをしたな、と惡黨らしくほくそ笑んだだけのことであつた。

尼は少しあわてふためいた樣子でかへつて來て襖をぴたつとしめてから、立つたままで言つた。

「私は寢なければなりません。もう十二時なのです。かまひませんでせうか。」

僕は答へた。

「かまひません。」

どんなにびんばふをしても蒲團だけは美しいのを持つてゐたいと僕は少年のころから心がけてゐ

たのであるから、こんな工合ひに不意の泊り客があつたときにでも、まごつくことはなかつたのだ。僕は起きあがり、僕の敷いてゐる三枚の敷蒲團のうちから一枚ひき拔いて、僕の蒲團とならべて敷いた。

「この蒲團は不思議な模樣ですね。ガラス繪みたいだわ。」

僕は自分の二枚の掛蒲團を一枚だけはいだ。

「いいえ。掛蒲團は要らないのです。私はこのままで寢るのです。」

「さうですか。」僕はすぐ僕の蒲團の中へもぐりこんだ。

尼は珠數とお經の本とを蒲團のしたへそつとおしこんでから、ころものままで敷布のない蒲團のうへに橫たはつた。

「私の顏をよく見てゐて下さい。みるみる眠つてしまひます。それからすぐきりきりきりと齒ぎしりをします。すると如來樣がおいでになりますの。」

「如來樣ですか。」

「ええ。佛樣が夜遊びにおいでになります。每晚ですの。あなたは退屈をしていらつしやるのださうですから、よくごらんになればいいわ。なにをお斷りしたのもそのためなのです。」

なるほど、話をはるとすぐ、おだやかな寢息が聞えた。きりきりとするどい音が聞えたとき、部屋の襖がことことことと鳴つたのである。僕は蒲團から上半身をはみ出させて腕をのばし襖をあけてみたら、如來が立つてゐた。

　二尺くらゐの高さの白象にまたがつてゐたのである。白象には黒く錆びた金の鞍が置かれてゐた。如來はいくぶん、いや、おほいに痩せこけてゐた。肋骨が一本一本浮き出てゐて、鎧扉のやうであつた。ぼろぼろの褐色の布を腰のまはりにつけてゐるだけで素裸であつた。かまきりのやうに痩せ細つた手足には蜘蛛の巣や煤がいつぱいついてゐた。皮膚はただまつくろであつて、短い頭髪は赤くちぢれてゐた。顏はこぶしほどの大きさで、鼻も眼もわからず、ただくしやくしやと皺になつてゐた。

「如來樣ですか。」

「さうです。」如來の聲はひくいかすれ聲であつた。「のつぴきならなくなつて、出て來ました。」

「なんだか臭いな。」僕は鼻をくんくんさせた。臭かつたのである。如來が出現すると同時に、なんとも知れぬ惡臭が僕の部屋いつぱいに立ちこもつたのである。

「やはりさうですか。この象が死んでゐるのです。樟腦をいれてしまつてゐたのですが、やはり匂ふやうですね。」それから一段と聲をひくめた。「いま生きた白象はなかなか手にはひりませんのでしてね。」

「ふつうの象でもかまはないのに。」

「いや、如來のていさいから言つても、さうはいかないのです。ほんたうに、私はこんな姿をしてまで出しやばりたくはないのです。いやな奴等がひつぱり出すのです。佛教がさかんになつたさうですね。」

「ああ、如來様。早くどうにかして下さい。僕はさつきから臭くて息がつまりさうで死ぬ思ひでゐたのです。」

「お氣の毒でした。」それからちよつと口ごもつた。「あなた。私がここへ現はれたとき滑稽ではなかつたかしら。如來の現はれかたにしては、少しぶざまだと思はなかつたでせうか。思つたとほりを言つて下さい。」

「いいえ。たいへん結構でした。御立派だと思ひましたよ。」

「ほほ。さうですか。」如來は幾分からだを前へのめらせた。「それで安心しました。私はさつきからそれだけが氣がかりでならなかつたのです。私は氣取り屋なのかも知れませんね。これで安心して歸れます。ひとつあなたに、いかにも如來らしい退去のすがたをおめにかけませう。」言ひをはつたとき如來はくしやんとくしやみを發し、「しまつた!」と呟いたかと思ふと如來も白象も紙が水に落ちたときのやうにすつと透明になり、元素が音もなくみぢんに分裂し雲と散り霧と消えた。

　僕はふたたび蒲團へもぐつて尼を眺めた。尼は眠つたままでにこにこ笑つてゐた。恍惚の笑ひのやうでもあるし、侮蔑の笑ひのやうでもあるし、無心の笑ひのやうでもあるし、役者の笑ひのやうでもあるし、諂ひの笑ひのやうでもあるし、喜悦の笑ひのやうでもあるし、泣き笑ひのやうでもあつた。尼はにこにこ笑ひつづけた。笑つて笑つて笑つてゐるうちに、だんだんと尼は小さくなり、さらさらと水の流れるやうな音とともに二寸ほどの人形になつた。僕は片腕をのばし、その人形をつまみあげ、しさいにしらべた。淺黒い頬は笑つたままで凝結し、雨滴ほどの唇は尚うす赤く、けし粒ほどの白い齒はきつちり並んで生えそろつてゐた。粉雪ほどの小さい兩手はかすかに黒く、松の葉ほど細い兩脚は米粒ほどの白足袋を附けてゐた。僕は墨染めのころものすそをかるく吹いたりなどしてみたのである。

編者 Profile
なみ
朗読家
写真家
虹色社 近代文学叢書 編集長

本作のご感想や執筆関連のお仕事のご依頼等は、
メールアドレス info@nanairosha.jp まで、
お待ちしております。

近代文学叢書 VI　すぽっとらいと 橋
2022 年 11 月 20 日　第 1 刷発行

編集者　なみ
発行者　山口和男
発行所 / 印刷所 / 製本所　虹色社
〒 169-0071 東京都新宿区戸塚町 1-102-5 江原ビル 1 階
電話　03（6302）1240

本文組版 / 編集 / 撮影　なみ

ISBN 978-4-909045-48-5
定価はカバーに表記しています。
乱丁本、落丁本はお取り替えいたします。